小説 天気の子

角川文庫
21702

目次

序章　君に聞いた物語

三月の雨空に、フェリーの出港を知らせる汽笛が長く響く。

巨大な船体が海水を押しのけていく重い振動が、尻《しり》から全身に伝わってくる。

僕のチケットは船底に最も近い二等船室。東京までは十時間以上の船旅で、到着は夜になる。このフェリーで東京に向かうのは、人生で二度目だ。僕は立ち上がり、デッキテラスへの階段に向かう。

「あいつには前科があるらしい」とか、「今でも警察に追われているらしい」とか、僕が学校でそんな噂をされるようになったのは、二年半前の東京での出来事がきっかけだった。噂をされること自体はどうということもなかったけれど（実際、噂になるのは当然だったと思う）、僕はあの夏の東京での出来事を、島の誰にも話さなかった。断片的に語ったことはあるけれど、本当に大事なことは親にも友人にも警察にも話さなかった。

十八歳になった今、今度こそあの街に住むために。あの夏の出来事をまるごと抱えたまま、僕はもう一度東京に行くのだ。

もう一度あの人に会うために。

そのことを考えると、いつでも肋骨《ろっこつ》の内側が熱を持つ。頬がじわりと火照る。早く海風に当たりたくて、僕は階段を登る足を速める。

デッキテラスに出ると、冷たい風が雨とともにどっと顔を打った。その全部を飲み込むようにして、僕は大きく息を吸い込む。風はまだ冷たいけれど、そこには春の気配がたっぷりと含まれている。ようやく高校を卒業したんだ――その実感が、遅れた通知のように今さらに胸に届く。僕はデッキの手すりに肘《ひじ》を乗せ、遠ざかっていく島を眺め、風巻く空に目を移す。視界のはるか彼方《かなた》まで、数え切れない雨粒が舞っている。

そのとたん――ぞわりと、全身の肌が粟立《あわだ》った。

まただ。思わずきつく目を閉じる。じっとしている僕の顔を雨が叩《たた》き、耳朶《じだ》には雨音が響き続ける。この二年半、雨は常にそこにあった。どんなに息を殺しても決して消せない鼓動のように。どんなに強くつむっても完全な闇には出来ない瞼《まぶた》のように。どんなに静めても片時も沈黙できない心のように。

ゆっくりと息を吐きながら、僕は目を開ける。

雨。

呼吸をするようにうねる黒い海面に、雨が際限なく吸い込まれていく。まるで空と海が共謀して、いたずらに海面を押し上げようとしているかのようだ。僕は怖くなる。身体の奥底から震えが湧きあがってくる。引き裂かれそうになる。ばらばらになりそうになる。僕は手すりをぎゅっと摑《つか》む。鼻から深く息を吸う。そしていつものように、あの人のことを思い出す。彼女の大きな瞳《ひとみ》や、よく動く表情や、ころころ変わる声のトーンや、二つに結んだ長い髪を。そして、大丈夫だ、と思う。彼女がいる。東京で彼女が生きている。彼女がいるかぎり、僕はこの世界にしっかりと繫《つな》ぎとめられている。

「——だから、泣かないで、帆高《ほだか》」

と、あの夜、彼女は言った。逃げ込んだ池袋《いけぶくろ》のホテル。天井を叩く雨の音が、遠い太鼓のようだった。同じシャンプーの香りと、なにもかもを許したような彼女の優しい声と、闇に青白く光る彼女の肌。それらはあまりに鮮明で、僕はふと、今も自分があの場所にいるような気持ちに襲われる。本当の僕たちは今もあのホテルにいて、僕はたまたまのデジャヴのように、未来の自分がフェリーに乗っている姿を想像しただけなのではないか。昨日の卒業式もこのフェリーもぜんぶ錯覚で、本当の僕は今もあのホテルのベッドの上なのではないか。そして朝起きると雨は止んでいて、彼女も僕の隣にいて、世界はいつもと同じ姿のまま、変わらぬ日常が再開するのではないか。

汽笛が鋭く鳴った。

違う、そうじゃない。僕は手すりの鉄の感触を確かめ、潮の匂いを確かめ、水平線に消えかかっている島影を確かめる。そうじゃない、今はあの夜ではない。あれはもうずっと前のことだ。フェリーに揺られているこの自分が、今の本当の僕だ。きちんと考えよう。最初から思い出そう。雨をにらみながら僕はそう思う。彼女に再会する前に、僕たちに起きたことを理解しておかなければ。いや、たとえ理解は出来なくても、せめて考え尽くさなければ。

僕たちになにが起きたのか。僕たちはなにを選んだのか。そして僕は、これから彼女にどういう言葉を届けるべきなのか。

すべてのきっかけは――そう、たぶんあの日だ。

彼女が最初にそれを目撃した日。彼女が語ってくれたあの日の出来事が、すべての始まりだったんだ。

＊　＊　＊

彼女の母親は、もう何ヵ月も目を覚まさないままだったそうだ。

小さな病室を満たしていたのは、バイタルモニターの規則的な電子音と、呼吸器のシューという動作音と、執拗《しつよう》に窓を叩く雨音。それと、長く人の留《とど》まった病室に特有の、世間と切り離されたしんとした空気。

彼女はベッドサイドの丸椅子に座ったまま、すっかり骨張ってしまった母親の手をきゅっと握る。母親の酸素マスクが規則的に白く濁るさまを眺め、ずっと伏せられたままの睫毛《まつげ》を見つめる。不安に押しつぶされそうになりながら、彼女はただただ祈っている。お母さんが目を覚ましますように。ピンチの時のヒーローみたいな風が力強く吹きつけて、憂鬱《ゆううつ》とか心配とか雨雲とか暗くて重いものをすっきりと吹き飛ばし、家族三人で、もう一度青空の下を笑いながら歩けますように。

ふわり、と彼女の髪が揺れた。ぴちょん、と耳元でかすかな水音が聞こえた。

彼女は顔を上げる。閉め切ったはずの窓のカーテンがかすかに揺れている。窓ガラス越しの空に、彼女の目は引き寄せられる。いつの間にか陽が射している。雨は相変わらず本降りだけど、雲に小さな隙間が出来ていて、そこから伸びた細い光が地上の一点を照らしている。彼女は目を凝らす。視界の果てまで敷き詰められた建物。そのうちの一つのビルの屋上だけが、スポットライトを浴びた役者みたいにぽつんと光っている。

誰かに呼ばれたかのように、気づけば彼女は病室から駆け出していた。

そこは廃ビルだった。周囲の建物はぴかぴかに真新しいのに、その雑居ビルだけは時間に取り残されたかのように茶色く朽ちていた。「ビリヤード」とか「金物店」とか「うなぎ」とか「麻雀《マージャン》」とか、錆《さ》びついて色褪《いろあ》せた看板がビルの周囲にいくつも貼りついていた。ビニール傘越しに見上げると、陽射しは確かにここの屋上を照らしている。ビルの脇を覗《のぞ》くと小さな駐車場になっていて、ぼろぼろに錆びついた非常階段が屋上まで伸びていた。

——まるで光の水たまりみたい。

階段を昇りきった彼女は、いっとき、眼前の景色に見とれた。

手すりに囲まれたその屋上は二十五メートルプールのちょうど半分くらいの広さで、床のタイルはぼろぼろにひび割れ、いちめん緑の雑草に覆われていた。その一番奥に、茂みに抱きかかえられるようにして小さな鳥居がひっそりと立っていた。雲間からの光は、その鳥居をまっすぐに照らしている。鳥居の朱色《あか》が、陽射しのスポットライトの中で雨粒と一緒にきらきらと輝いていた。雨に濁った世界の中で、そこだけが鮮やかだった。

ゆっくりと、彼女は鳥居に向かって屋上を歩いた。雨をたっぷり浴びた夏の雑草を踏むたびに、さくさくという柔らかい音と心地好《よ》い弾力がある。雨のカーテンの向こうには、いくつもの高層ビルが白くかすんで立っている。どこかに巣があるのか、小鳥のさえずりがあたりに満ちている。そこにかすかに、まるで別の世界から聞こえてくるような山手線《やまのてせん》の遠い音が混じっている。

傘を地面に置いた。雨の冷たさが彼女の滑らかな頰を撫《な》でる。鳥居の奥には小さな石の祠《ほこら》があり、その周囲には紫色の小さな花が茂っていた。そこに埋もれるように、誰が置いたのか盆飾りの精霊馬《しょうりょううま》が二体あった。竹ひごを刺したキュウリとナスの馬だ。ほとんど無意識のうちに彼女は手を合わせた。そして強く願う。雨が止みますように。ゆっくりと目を閉じ、願いながら鳥居をくぐる。お母さんが目を覚まして、青空の下を一緒に歩けますように。

鳥居を抜けると、ふいに空気が変わった。

雨の音が、ぷつりと途切れた。

目を開くと——そこは青空の真ん中だった。

彼女は強い風に吹かれながら、空のずっと高い場所に浮かんでいた。いや、風を切り裂いて落ちていた。聞いたこともないような低くて深い風の音が周囲に渦巻いていた。息は吐くたびに白く凍り、濃紺の中でキラキラと瞬いた。それなのに、恐怖はなかった。目覚めたまま夢を見ているような奇妙な感覚だった。

足元を見下ろすと、巨大なカリフラワーのような積乱雲がいくつも浮かんでいた。一つひとつがきっと何キロメートルもの大きさの、それは壮麗な空の森のようだった。

ふと、雲の色が変化していることに彼女は気づいた。雲の頂上、大気の境目で平らになっている平野のような場所に、ぽつりぽつりと緑が生まれ始めている。彼女は目をみはる。

それは、まるで草原だった。地上からは決して見えない雲の頭頂に、さざめく緑が生まれては消えているのだ。そしてその周囲に、気づけば生き物のような微細ななにかが群がっていた。

「……魚？」

幾何学的な渦を描いてゆったりとうねるその群体は、まるで魚の群れのように見えた。彼女は落下しながら、じっとそれを見つめる。雲の上の平原を、無数の魚たちが泳いでいる――。

突然、指先になにかが触れた。驚いて手を見る。やはり魚だ。透明な体を持つ小さな魚たちが、重さのある風のように指や髪をすり抜けている。長いひれをなびかせているものや、くらげのように丸いものや、メダカのように細かなもの。様々な姿形の魚たちは、太陽の光を透かしてプリズムみたいに輝いている。気づけば彼女は空の魚に囲まれている。

空の青と、雲の白と、さざめく緑と、七色に輝く魚たち。彼女がいるのは、聞いたことも想像したこともない不思議で美しい空の世界だった。やがて彼女の足元を覆っていた雨雲がほどけるように消えていき、眼下にはどこまでも広がる東京の街並みが姿を現した。ビルの一つひとつ、車の一台いちだい、窓ガラスの一枚いちまいが、太陽を浴びて誇らしげに光っている。雨に洗われて生まれ変わったようなその街に、彼女は風に乗ってゆっくりと落ちていく。しだいに、不思議な一体感が全身に満ちてくる。自分がこの世界の一部であることが、ことば以前の感覚として彼女にはただ分かる。自分は風であり水であり、青であり白であり、心であり願いである。奇妙な幸せと切なさが全身に広がっていく。そしてゆっくりと、深く布団に沈みこむように意識が消えていく――。

＊　＊　＊

「あの景色。あの時私が見たものは全部夢だったのかもしれないけど——」と、かつて彼女は僕に語った。

でも、夢ではなかったのだ。僕たちは今ではそれを知っているし、僕たちはその後、ともに同じ景色を目の当たりにすることになる。誰も知らない空の世界を。

彼女とともに過ごした、あの年の夏。

東京の空の上で僕たちは、世界の形を決定的に変えてしまったのだ。

第一章　島を出た少年

とりあえず、ネットで聞いてみるか。

スマホで「Ｙａｈｏｏ！知恵袋」を開き、なんとなく周囲に目を配ってから、僕は質問を入力する。

高校一年生男子です。東京都内で、割のいいバイトを探しています。学生証がなくても雇ってくれるようなところはありますか？

うーん、これでいいのかな。殺伐としたネット空間では総叩《そうたた》きに遭いそうな気がする。でも検索で得られる情報にも限度があるし、他に頼れる人もいないし——と「投稿」ボタンを押そうとしたところで、船内放送が流れ始めた。

『まもなく、海上にて非常に激しい雨が予想されます。甲板にいらっしゃる方は、安全のため船内にお戻りください。繰り返します、まもなく海上にて……』

やった、と僕は小さく声に出した。今なら甲板を独り占めできるかも。尻《しり》の痛い二等船室にもいいかげん飽きてきたところだし、他の乗客が戻ってくる前に甲板に出て雨の降る瞬間を眺めよう。スマホをジーンズのポケットにしまい、僕は駆け足で階段に向かった。

東京に向かうこのフェリーは五階建てで、僕の二等船室はチケット代が安い代わりに最下層にあり、エンジン音がものすごくうるさい上に畳敷きの雑魚寝《ざこね》部屋だ。居心地の好《よ》さそうな一等船室を横目に室内階段を二層分登ると、船の外壁に沿った通路に出る。ちょうど甲板にいたらしい人たちが、どやどやと戻ってくるところだった。

「また雨だって」

「ようやく晴れたのになあ」

「最近の夏はヤバイよね、雨ばっかで」

「島でもずっと台風だったしねえ」

皆口々に愚痴っている。僕は「すみません」と頭を下げながら、狭い通路を人の流れに逆らって歩く。

最後の階段を登りデッキテラスに顔を出すと、強い風が顔を打った。既に誰もおらず、広々とした甲板は陽光に輝いている。その真ん中には、白く塗られたポールが空を指す矢印のように立っている。僕はわくわくした気分で、誰もいない甲板を歩く。空を見上げると、灰色の雲がみるみる青空を埋め尽くしていくところだった。——ぴちょん。雨粒が僕の額に落ちた。

「……来た！」

思わず僕は叫んだ。空から一斉に落ちてくる無数の雨粒が目に入り、その直後、ドドッという轟音《ごうおん》とともに大粒の雨が降りそそいだ。さっきまで陽に輝いていた世界が、あっという間に水墨画のモノトーンに塗りつぶされていく。

「すっげえー！」

大声も雨の轟音にかき消されて、自分の耳にすら届かない。僕はますます嬉《うれ》しくなる。髪も服も重く濡《ぬ》れていく。肺の中まで湿気で満たされていく。僕は思わず駆け出す。空をヘディングするように思いきりジャンプする。渦を作るように両手を広げてぐるぐると回転してみる。口を大きく開けて雨を飲む。めちゃくちゃに走り回りながら、今まで心の中に閉じ込めていた言葉たちを全身全霊の大声で叫びまくる。それらの全部が雨に洗い流されて、誰にも見られず、誰にも聞かれない。胸に熱いかたまりが湧き上がる。密《ひそ》かに島を出てから半日、僕はようやく心からの解放感に満たされていく。弾む息で雨を見上げる。

——その時僕の頭上にあったものは、雨というよりは大量の水だった。

目を疑った。巨大なプールを逆さにしたようなものすごい量の水が、空から落ちてくる。それはとぐろを巻く——まるで龍《りゅう》だ。そう思った直後、ドンッという激しい衝撃で僕は甲板に叩きつけられた。滝壺《たきつぼ》の下にいるかのように、背中が重い水に叩かれ続ける。フェリーが軋《きし》んだ音を立てながら大きく揺れる。やばい！　そう思った時には、僕の体は甲板を滑り落ちていた。フェリーの傾きが増していく。滑りながら僕は手を伸ばす。どこかを摑《つか》もうとする。でもそんな場所はどこにもない。だめだ、落ちる——その瞬間、誰かに手首を摑まれた。がくん、と体が止まる。フェリーの傾きが、ゆっくりと元に戻っていく。

「あ……」僕は我に返る。

「ありがとうございます……」

まるでアクション映画みたいなぎりぎりのタイミングだった。僕は手首の先に視線を上げた。無精髭《ぶしょうひげ》を生やしてひょろりと背の高い、中年の男性だった。男性は薄く笑いながら、僕の手を離す。太陽が再び顔を出し、男性の赤いワイシャツを眩《まぶ》しく照らした。まあなんでもいいんだけどさ、というようなどこか投げやりな口調で、

「すげえ雨だったなあ」

と男は呟《つぶや》いた。確かにものすごかった。あんなものすごい雨に、初めて遭った。雲間からは、光の筋が何本も射していた。

この曲は聴いたことがある。クラシックで、たしか――なにかのレトロゲームのBGMだ。ペンギンを操作して氷を滑りながら魚をキャッチする、そんな内容だった。そうだ、氷には時々穴が空いていて、そこからアザラシだかオットセイだかが顔を出してペンギンを妨害してくるのだ。ジャンプのタイミングがずれるとペンギンはつまずいて――

「いやあ、なかなか美味《うま》いよ、これ」

僕は顔を上げる。テーブルの向かいに座った中年男が、嬉しそうにチキン南蛮定食を食べている。赤い派手なタイトフィットのワイシャツ。痩《や》せた顔に、ゆるんだように垂れた一重の細い目。適当な無精髭と無造作にカールしたヘアスタイルがいかにも自由人風で、東京の（ちょっと悪い）大人って感じがする。男は大きな口でご飯を頬張り、ずずず、と豚汁を吸い、割り箸《ばし》で鶏肉《とりにく》を持ち上げる。たっぷりとタルタルソースのかかった分厚い肉に、僕の目は吸い寄せられる。

「少年、マジでいらないの？」

「はい、お腹すいてませんから」

笑顔を作ってそう答えたとたん、ぐう、と腹が鳴った。思わず赤くなるが、

「ああそう、なんか悪いねえご馳走《ちそう》になっちゃって」と、男は気にする様子もなく肉を頬張る。

僕たちはフェリーのレストランに向かい合って座っていて、赤シャツ男だけが豪華な昼食を食べていて、僕は空腹を紛らわせようとレストランのBGMに意識を集中させていたところだったのだ。助けてもらったお礼として僕からご馳走させてくださいと申し出たのだけれど、それにしても店で一番高いメニュー（千二百円）を選ばなくたっていいじゃないかと、さっきから僕は内心で思っている。大人ってこういう時に適切に遠慮するものじゃないのか。こっちは食費は一日マックス五百円までと決めてるのに初日から大赤字なんですけどそれは。……とかぐちぐちと思いつつも、僕は礼儀正しい対応を心がける。

「悪いだなんてそんなそんな！　こちらこそ危ないところを助けていただいて――」

「ほーんと」

喰《く》い気味に赤シャツが言う。割り箸を僕に向ける。

「君、さっきは危なかったよねえ。……あ」

赤シャツは宙を睨《にら》み、なにやら難しい顔をして考え込んでいる。そしてゆっくりと、満面の笑みになる。

「……俺さあ、誰かの命の恩人になったのって、そういえば初めて！」

「……はい」

嫌な予感が。

「そういえばここ、ビールもあったっけ？」

「……買ってきましょうか？」

なにもかも諦《あきら》めて、僕は立ち上がる。


ニャーニャーニャーと、ウミネコが一斉に鳴いている。

手を伸ばせば届きそうな距離を気持ちよさそうに飛び回る海鳥の姿を、僕は夕食のカロリーメイトを大切にかじりながら、フェリーの通路デッキでぼんやりと眺めている。

「大人にたかられるなんて……」

生ビールは、なんと九百八十円だった。いい加減にしてくれよと僕は思う。ちょっと非現実的に高すぎるんですけど。家出初日にして、僕は四日分の食費を知らないオッサンのために遣ってしまったことになる。東京って怖《こえ》え——と、しみじみと呟く。食べ終えたカロリーメイトの袋と入れ替わりにポケットからスマホを取り出し、あらためて「Ｙａｈｏｏ！知恵袋」を開き、先ほどの質問を投稿した。なんとしてもバイトが必要なのだ。求むベストアンサー。

ぽた、と雨粒がスマホの画面を濡らし、顔を上げると、再びパラパラと雨が降ってきていた。そして雨の向こうには、灯《とも》り始めた東京の夜景があった。カラフルにライトアップされたレインボーブリッジが、なんだかゲームのオープニングタイトルみたいにゆっくりと近づいてくる。その瞬間——知らないオッサンへの苛立《いらだ》ちもお金への不安も、僕の心から綺麗《きれい》に消えた。とうとう来た。ぞくりと武者震いが起きる。とうとう来たんだ。僕は今夜から、あの光の街で暮らすのだ。これからあの街で起きることと全部が楽しみで楽しみで仕方がなくて、鼓動が勝手に高まっていく。

「——少年、ここにいたの」

突然聞こえた能天気な声に、僕の昂揚《こうよう》は空気が抜けたようにしぼんでいく。振り返ると、赤シャツが通路に出て来るところだった。だるそうに首をぐるぐる回しながら、「ようやく到着だなあ」と街灯《まちあか》りを見て言う。

「君さあ、島の子でしょ？　東京になにしに来たの？」

僕の隣に立って訊《き》く。ぎくりとしつつ、僕は用意しておいたセリフを口にする。

「ええと、親戚《しんせき》の家に遊びに来たんです」

「平日に？　君、学校は？」

「あっ、えーとえーと、うちの学校、早めの夏休みで……」

「ふふーん」

なんでニヤつくんだよ。赤シャツは珍しい昆虫でも見つけたかのように無遠慮に僕の顔を覗《のぞ》き込み、僕は逃げるように目をそらす。

「ま、もし東京でなんか困ったことがあったらさ」そう言って、小さな紙を差し出してくる。名刺だ。僕は反射的に受け取ってしまう。

「いつでも連絡してよ。気楽にさ」

「(有) K&Aプランニング　CEO　須賀圭介《すがけいすけ》」という文字列を眺めながら、するわけねえだろ、と心の中で僕は答えた。

＊　＊　＊

それからの数日間で、僕は何度「東京って怖え」と呟いただろうか。何度舌打ちを浴び、何度冷や汗をかき、何度恥ずかしさに赤くなっただろうか。

街はひたすらに、巨大で複雑で難解で冷酷だった。駅で迷い、電車を間違え、どこを歩いても人にぶつかり、道を尋ねても答えてもらえず、話しかけてもいないのに謎の勧誘をされまくり、コンビニ以外の店には怖くて入れず、制服姿の小学生が一人で電車を乗り継いでいる様子に愕然《がくぜん》とし、そんな自分にその都度泣きたくなった。バイトを探すためにようやく辿《たど》りついた新宿《しんじゅく》では（なんとなく東京の中心は新宿のような気がしていたのだ）、いきなりのゲリラ豪雨でびしょ濡《ぬ》れになった。シャワーを浴びたくて勇気を振り絞って入った漫画喫茶では、床を濡らすなと店員に舌打ちされた。それでもまずはその漫画喫茶を拠点に生活することにし、なにやらすえた臭いのする個室のPCでバイト検索をしてみたけれど、「身分証不要」の条件での求人はゼロだった。頼みの綱の「Yahoo!知恵袋」の回答は、ほとんどが「仕事を舐《な》めるな」とか「もしかして家出wwww」とか「労基法違反です。タヒネ」とかだったけれど、そんな罵声《ばせい》にまじって「風俗店のボーイなら身分証不要ですよ」という情報を見つけ、必死の思いで検索していくつかの風俗店に面接の予約を入れた。しかし実際に面接に出かけたら柄の悪そうな若い男に「身分証なしで雇えるわけねえだろテメエうちの店舐めてんのか」と怒鳴りつけられ、泣きそうになりながら逃げ帰った。ていうか怖すぎて実際にちょっと涙が出た。

そんなふうにして、気づけばあっという間に五日が経っていた。

駄目だ。このままじゃ駄目だ。漫画喫茶の狭い個室で、僕は家計簿代わりのメモを見る。ここのナイトパックが一泊二千円、その他交通費やら食費やらで、島を出てから既に二万円以上遣ってしまっている。家出費用の五万円をほとんど無限の大金に思えていた一週間前の自分の浅はかさに、今になって腹が立ってくる。

——よし、決めた！　と、口に出しながら僕はメモをぱたんと閉じた。背水の陣だ。個室に散らばった荷物を、僕はリュックに詰め始める。ここの漫画喫茶は引き払おう。節約せねば。バイトを決めるまで宿には泊まらない。今は夏だし、二、三日ならば外でだって眠れるはずだ。決意が薄まらないうちにと足早に店を出る僕の後ろで、『局地的豪雨の発生回数は』と、店の壁掛けテレビが人ごとみたいに告げていた。『観測史上最多だった昨年を既に大幅に上回っており、七月にかけて更に多発する見込みです。外出の際は、山や海だけではなく市街地においても十分な注意を——』

雨宿りが出来て、一晩過ごせそうな場所。そういう公園の東屋《あずまや》やガード下の軒先には、しかし必ず先客がいた。僕は全財産の入った重いリュックを雨合羽《あまガッパ》の下に背負い、もう二時間以上も街をさまよっている。長時間を過ごせて居心地の好《よ》いデパートや本屋やＣＤショップは、夜九時を過ぎて既に閉まってしまっている。駅の構内も家電量販店も、壁際に座り込んでいたりするとすぐに警備員が声をかけてくる。だから僕はもう路上に居場所を見つける他になく、しかしそんな場所は一向に見つからず、かといって駅から離れすぎるのもなんだか不安で結局は同じ場所をぐるぐる廻《まわ》ってしまっていて、だから派手な電飾の歌舞伎町《かぶきちょう》のこのゲートをくぐるのももう四度目だ。いいかげん歩き疲れて足が痺《しび》れている。雨合羽の中が汗で蒸してものすごく不快だ。どうしようもなくお腹がすいている。

「君、ちょっといい？」

突然に肩を叩《たた》かれ、振り返ると警官が立っていた。

「さっきもこの辺歩いてたよね」

「え……」

「こんな時間にどうしたの？　高校生？」

僕は青ざめる。

「ちょっと、待ちなさい！」

怒鳴り声が背中で聞こえる。考えるより先に足が駆け出していた。振り返らずに、僕は人混みを全力で走る。誰かにぶつかるたびに罵声が飛ぶ。痛《い》てえな！　ふざけんなよ！　こら待てガキ！　巨大な映画館の脇を駆け抜け、ほとんど本能的に街灯りのすくない場所を目指す。しだいに人の声が遠のいていく。

カラン。うずくまっていた僕は、空き缶の転がるかすかな物音に顔を上げた。

薄い暗闇の中で、緑色の丸い目が光っている。痩《や》せこけて毛並みもみすぼらしい、まだ仔猫《こねこ》だ。そこは表通りからはすこし奥まった場所にある、軒の低い長屋風のビルだった。灯りの消えた飲食店がいくつも並んでいてそれぞれ入り口にドアはなく、僕はそのうちの一つの狭いエントランスに座り込んでいたのだ。いつの間にかうとうとと眠り込んでいた。

「猫、おいで」

小さく囁《ささや》くと、にゃーと掠《かす》れた返事があった。なんだか久しぶりに誰かとまっとうな会話をしたみたいで、それだけで鼻の奥がつんとなった。僕はポケットから最後のカロリーメイトを取り出し、半分に割って仔猫に差し出した。仔猫は鼻先を突き出し、匂いを確かめてくる。床に置くと、まるでお礼を言うように僕を短く見つめてから、がつがつと食べ始めた。夜から切り出したみたいに真っ黒な猫だった。鼻の周りと足先だけが、マスクをして靴下を穿《は》いているように白い。仔猫を眺めながら僕も残りのカロリーメイトを口の中に入れ、ゆっくりと噛《か》む。

「……東京って怖えな」

食事に夢中の仔猫からは返事はない。

「でもさ、帰りたくないんだ……絶対」

そう言って、僕は再び両膝《りょうひざ》に顔をうずめた。仔猫が物を噛む小さな音と、アスファルトを叩く雨の音と、遠い救急車のサイレンとが混じりあって耳に届く。歩き続けた足の痛みが、ようやく甘く溶けていく。僕はまた、薄い眠りに落ちていった。

──きゃっ、誰かいる！　えマジ、うわほんとだ！　やだ、なあにこの子、寝てんじゃない？

……夢？　いや違う、誰かが目の前に──

「君さあ！」

太い声が頭上から降って、僕は弾《はじ》かれたように目を覚ました。金髪ピアスのスーツ姿の男が、冷たい目で僕を見下ろしている。暗かったエントランスにはいつの間にか煌々《こうこう》と灯りが点《つ》いていて、肩と背中を大きく出した服装の女の子が二人、男の横に立っている。仔猫はいなくなっている。

「うちになんか用？」

「す、すみません！」

僕は慌てて立ち上がる。頭を下げて男の脇を通り過ぎようとしたところで、ぐらりとバランスを崩した。男が爪先《つまさき》で僕の足首を蹴《け》ったのだ。とっさに手をかけた自販機のゴミ箱ごと、僕は雨のアスファルトに倒れ込んだ。ゴミ箱の蓋《ふた》が外れ、空き缶が派手な音を立てて道路を転がっていく。

「ちょっとお、大丈夫!?」と女の一人が言い、

「いいからさあ」と金髪ピアスはその子の肩を抱く。「さっきの話の続きだけどね、絶対ウチの店のほうが稼げるからさ。ちょっと中で説明させてくれる？」

そう言って、金髪ピアスは僕をチラリとも見ずに、女子二人を押し込めるようにして建物の奥に消えていく。

「なんだよこりゃ、邪魔くせえな！」

あからさまな舌打ちで、カップルが空き缶を蹴りながら道路に座り込んだ僕の横を通り過ぎる。

「すみません……！」

僕は慌ててゴミ箱を元の場所に戻し、濡《ぬ》れた地面に四つん這《ば》いになってそこらじゅうに散らばった空き缶を必死に拾う。ゴミは缶だけではなく、弁当の空き箱や生ゴミも混じっている。通行人たちは迷惑そうな態度を隠さない。僕は一刻も早くこの場から去りたくて、でもそのためには早く片付けなければいけなくて、濡れてぐにゃりとするフライドチキンやおにぎりの食べ残しも素手で必死に掴《つか》む。勝手に涙が滲《にじ》み、雨と混じって頬を伝う。

ずしり、という奇妙な重さの紙袋が、そのゴミの中にあった。それはハードカバーの単行本くらいの大きさで、ガムテープでぐるぐる巻きにされていた。

ガチャッ。

布製のガムテープを剝《は》がしていくと、濡れた紙袋が破けて中身が床に落ちた。重い金属音が店内に響き、僕は慌てて足元に手を伸ばした。

「えっ⁉」

それは銃のように見えた。僕は慌ててそれを掴み、リュックに押し込んだ。ひんやりとした不吉な感触が手に残る。ぐるりと周囲を見渡す。

そこは私鉄の駅とパチンコ屋に挟まれた、深夜のマクドナルドだ。僕が泊まっていた漫画喫茶からも近く、既に何度も来たことのある馴染《なじ》みの場所だった。終電を過ぎた店内は人もまばらで、ほとんどの人は無言でスマホに目を落としており、話をしているのは女性の二人連れが一組だけだ。「私だけがどんどん好きになってっちゃってさ……あの人って基本既読スルーだしさ……」そんな女子の会話が、やけに深刻なトーンでひそひそと聞こえてくる。誰もこちらは見ていない。

僕はホッと息をつく。

「さすがにオモチャだよな」と、自分に言い聞かせるように口に出す。

空き缶を片付けた後で僕は公衆トイレで念入りに手を洗い、そういえば、と思い出してここに来たのだ。ポタージュスープ一杯では朝まで過ごさせてはくれないだろうけど、せめて外を歩く気力が復活するまではどこか安心できる場所にいたかったのだ。

気を取り直して、僕は浮かせた腰を椅子に下ろした。ジーンズのポケットをまさぐり、くしゃくしゃになった小さな紙をテーブルに置いた。

K&Aプランニング　CEO　須賀圭介

フェリーで赤シャツからもらったその名刺には、小さな字で住所が書いてある。東京都新宿区山吹町《やまぶきちょう》。新宿区？　僕はグーグルマップにその住所を入れてみる。現在地からの経路は都バスで二十一分。意外に近かったのだ。

僕は紙コップのポタージュスープを両手で包み、最後の一口を大切にすする。窓の外では巨大な街頭テレビが雨に滲んで光っている。歌舞伎町の喧騒《けんそう》が、イヤフォンの音漏れのように窓の向こうからかすかに届く。この住所を訪ねたとして——僕は考える。なにがあり得るだろうか？　CEOって社長のことだよな。バイトの口を紹介してもらえたり？　でも高校生に食事をたかるような人の会社がまともだとは思えないし。いやしかし待てよ、それでも社長ならばそれなりにお金は持っているのではないだろうか。それなのにあの時の食事代二千百八十円！　今さらに腹が立ってくる。僕は社長に奢《おご》ったのか。チキン南蛮定食はお礼として仕方がないとしても、ビール代九百八十円は不当だったのではなかったか。事情を話してそれだけでも返してもらうべきではないか。ちょっと格好悪いけれど、背に腹は代えられないのではないか。僕の窮状を知ったらあの人だって、案外簡単に返してくれるのではないか。

でも——僕はテーブルにうつぶせになる。

それはあまりに情けないんじゃないか。だいたい助けてもらったのは事実だし、ビールだって全部僕が自分から言い出して払ったのだ。僕はそんなさもしい行いをするために東京に来たのか。お金も居場所も目的もなく、痛いくらいの空腹を抱えて、僕はここでいったいなにをしているのか。東京になにを期待して来たのか。

あの日、殴られた痛みを打ち消すように自転車のペダルをめちゃくちゃに漕《こ》いでいた。あの日もたしか、島は雨だった。空を分厚い雨雲が流れ、でもその隙間から、幾つも光の筋が伸びていた。僕はあの光を追ったのだ。あの光に追いつきたくて、あの光に入りたくて、海岸沿いの道を自転車で必死に走ったのだ。追いついた！　と思った瞬間、でもそこは海岸の崖端《がけばた》で、陽射しは海のずっと向こうまで流れて行ってしまった。

——いつかあの光の中に行こう。その時僕は、そう決めたのだ。

どこからかかすかに風が吹き、ふわり、と髪を揺らした。

クーラーの風じゃない。ずっと遠くの空から草の匂いを運んできたような、これは本物の風だ。でもこんな場所で——僕はテーブルから顔を上げた。

目の前に、ビッグマックの箱が置かれていた。

僕は驚いて振り返った。

少女が立っていた。マクドナルドの制服姿だ。濃いブルーのシャツに黒いエプロン、お下げの小さな頭にグレイのキャスケット帽。同い年くらいだろうか——黒目がちの大きな瞳《ひとみ》が、なんだか怒ったように僕を見下ろしている。

「あの、これ……」頼んでませんけど、という意味で、僕は言う。

「あげる、内緒ね」小さな花の香りみたいにかすかな声で、そう言った。

「え？　でもなんで……」

「君、三日連続でそれが夕食じゃん」

少女は僕のポタージュを見てから責めるようにそう言って、小走りで去って行く。

「え、ちょっと……」なにかを言おうとした僕の言葉に優しく蓋をするみたいに、彼女がくるりと振り向いた。きゅっと結ばれた口元がふいに緩み、ふふっと、少女は短く笑った。そのとたん、雲間から陽が射したみたいに景色に色がついた——ような気が、僕はした。少女はなにも言わず再び背を向けて、素早く階段を駆け下りていってしまった。

「……」

たっぷり十秒くらい、たぶん僕は呆《ほう》けていた。はっと我に返る。ビッグマックの箱が、特別なプレゼントのようにちょこんとテーブルにある。箱を開けてみる。香ばしい肉の匂いとともに、分厚いバンズがふわっと膨らんだ。手に取ると、ずっしりと重い。ぴかぴかのチーズとレタスがビーフパティの間からはみでている。

僕の十六年の人生でこれが間違いなくだんとつで——一番美味《おい》しい夕食だった。

＊　＊　＊

「やだ、もうバス停に着いちゃうじゃん！　ねえねえ、次はいつ会えるかな？」

「そうだなあ、明後日《あさって》はどう？　練習があるけど、午後から空いてるからさ」

「やった！　食べログで見つけたカフェでね、私行ってみたいところがあるんだ。予約しちゃおっかなー！」

　昼下がりの都バスに揺られている僕の耳に、さっきから甘い会話が聞こえてくる。それは後部座席からの声で、なんとなく振り返るのもはばかられて、僕は車窓を眺めている。複雑な模様を描いて後ろに流れていく水滴を見つめながら、カップルって本当にこんな会話をするんだなと僕は妙に感心してしまう。今までグルメアプリの需要がいまいちぴんとこなかったけど、都会の人って本当に食べログとか見るんだな。カフェって予約とかまでして行くものなんだな。スマホに目を移す。現在位置を示す青いドットが、目的地に立った赤いフラッグアイコンにゆっくり近づいていく。到着まであと十分。なんだか緊張してきた。

　ぴんぽーんと電子音が鳴り、運転席の横のモニターに「停車します」と表示され、「じゃあまたね、凪《なぎ》くん！」と弾んだ声がした。バスを降りていくショートカットの女の子の姿を見て、僕は驚く。「交通安全」と書かれたランドセルを背負《しょ》った、まだ小学生だったのだ。え、マジ？　やっぱすげえな東京。小学生が食べログ見るのか。

「あ、ラッキー！」

入れ替わるようにして、今度はロングヘアの小学生女子がバスに乗り込んで来た。「凪くん、会えると思ったんだ！」と言いつつ嬉《うれ》しそうに後部座席に駆け寄っていく姿を、僕は思わず目で追ってしまう。

「げ！」

後部座席に半ズボンの脚を組んで座っていたのは、どう見ても十歳程度の小学生男子だった。「や、カナ」と、駆け寄る女子に対して優雅に手を振る。彼女のランドセルを、エスコートするように笑顔で受け取る。さらさらのショートボブと切れ長の瞳、幼いのにやけに整った顔立ちの、なんだか王子さまめいた男の子だ。この男の子、もしかしてバス停ごとに彼女がいるのか？　バスが発車し、僕は引き剝《は》がすように視線を戻す。背中からイチャコラが聞こえてくる。

「あれ？　カナ、髪巻いた？」

「え、分かる？　うん、ちょっとだけね。今日誰にも気づかれなかったのに、さすが凪くん！　ねえねえどう、似合うかな？」

「似合う似合う！　すっごく可愛いよ。大人っぽいね、中学生みたいだ」

ふふふ、と、こっちがくすぐったくなるくらいに嬉しそうな声で女子は笑い、僕はなんだかいたたまれなくなってくる。小学生にしてたぶん複数のガールフレンドがいて、しかも女子自らが食べログカフェ予約。持ってるやつは最初から持っている、これが文化資本ってやつなのか。


——まじで東京ってすげえ。そう呟《つぶや》きながら僕は目的の停留所でバスを降りて傘を開き、グーグルマップを睨《にら》みながら下町めいた商店街を歩いた。グーグルの言うとおりに右に曲がると、ふいに街の雰囲気が変わった。坂道には小さな印刷会社がいくつか並び、雨に混じってうっすらとインクの匂いがする。

「……ここでいいんだよな？」

名刺に書かれた住所にあったのは、古ぼけた店舗然とした小さな建物だった。いかにも昭和風のテント看板が張り出していて、消えかかった文字でスナックと書かれている。僕はもう一度、名刺の住所とグーグルマップを見比べてみる。住所は合っている。テント看板をよく見ると、店名が所々ガムテープで隠されていた。テント地も文字もガムテープも同じくらいすり切れているからぱっと見で気づかなかったけれど、ではここは現在はスナックではないのだ。路肩の柵《さく》に「(有) K&Aプランニング」という錆《さび》の浮いたプレートがくくりつけてあり、社名の横には下向きの矢印が書かれている。足元を見るとそこは半地下になっていて、コンクリートの細い階段の先にドアがある。

どうやらここが本当に会社らしい。でもどうしようかと僕は迷う。いかにも怪しげだし、お金の気配はゼロだ。なにがCEOだ。いやでも、他にあてもないのだ。覚悟を決めて傘を閉じ、僕は幅一メートルもない階段を降り始めた。

カチン。

呼び鈴を押したはずなのに、なにも聞こえない。

僕はドアに耳を押しあて、もう一度呼び鈴のボタンを押してみる。無音だ。壊れているのだろうか。ノックをしてみる。無反応。試みにドアノブに手をかけてみたら、あっさりと、ドアが開いた。

「すみませーん、電話した森嶋《もりしま》です！」

室内を覗《のぞ》いてみる。数時間前に名刺の番号に電話した時には、待ってるから今からおいでと赤シャツ本人に言われたのだ。恐る恐る足を踏み入れる。入ってすぐに小さなバーカウンターがあり、しかしその周囲には本やら書類やら段ボール箱やらが雑然と積まれ、更には酒瓶やら店屋物のチラシやら洋服やらがあちこちに散らばっていて、店とも住居ともオフィスともつかない。部屋全体が「まあどーでもいいんだけど」という空気に満ちている。

「須賀さん、いらっしゃいますか？」

すこし足を進めると、ビーズカーテンで区切られた部屋の奥の、ソファーが目に留まった。ブランケットにくるまったふくらみがある。

「須賀さん？」

まっ白な長い素足がソファーからはみでていた。近づくと、足の爪はぴかぴかの水色に塗られていて、ヒールの高いごついサンダルを履いている。顔を見ると、若い女性だった。長いさらさらした髪が顔を隠している。小さな寝息が聞こえる。

「スガ……さん……？」

なわけないよなとは分かっていつつも、僕はなぜか女性から視線をそらすことができない。デニム地のショートパンツがものすごく短い。髪の隙間から見える睫毛《まつげ》が、そういうマンガのキャラみたいにものすごく長い。紫色のキャミソールの胸元が、呼吸でゆったりと上下に揺れている。僕はおもむろにしゃがみ込む。すると、胸元が目の高さに来る。

「……いやダメだろう人として」

我に返った僕が目をそらしたのと、

「あ、おはよ」

という声が降ってきたのは同時だった。

「うわあああっ」

思わず叫んで直立する。いつの間にか女性がぱっちりと目を開けている。

「あっ、あのっ、すみません俺！」

「あー圭ちゃんから聞いてるよ」上半身を起こしつつ、けろりとした様子で女性が言う。「新しいアシスタントが来るって」

「え？　いや俺まだ――」

「私は夏美《なつみ》、よろしくね。あー、やーっと雑用から解放されるなー！」

そう言って気持ちよさそうに伸びをする女性は、あらためて見るとものすごい美女だった。白くてすらっとしていて滑らかでバチッとしていて整っていて眩《まぶ》しくて、テレビや映画の中のヒトみたいだ。

「ねーねー少年さー」夏美さんと名乗った女性が、背中を向けたまま言う。

バーカウンターの奥に十畳ほどのリビングがあり、どうやらここがこの会社のオフィススペースらしい。僕は椅子に座って、小さなキッチンで飲みものを用意する夏美さんの肩甲骨をさっきから眺めている。

「はい？」

「あのさー」

「はい」

「さっき胸見たでしょ？」

「見てませんっ！」

思わずうわずった声が出た。夏美さんは鼻歌なんかを楽しそうに歌いながら、僕の目の前にアイスコーヒーを置く。

「少年、名前は？」僕の向かいに腰掛けた夏美さんがころりとした声で言う。

「森嶋帆高です」

「ホダカ？」

「ええと、船の帆に、高いって書いて……」

「ふーん、素敵な名前じゃん」

僕はすこしどきりとする。素敵って誰かに言われたのって、もしかして人生初かも。

「夏美さんって、ここの事務所の方ですか？」

「え、私と圭ちゃんの関係？」

須賀さんの名前はたしか圭介だったはずだと僕は思い出す。

「え、はい」

「ウケるー！」

え、なんかおかしなこと言った？　夏美さんはひとしきり笑ってから、ふいに目を細めた。睫毛が目元に影を作る。上目遣いで僕の目を覗き込む。

「君のぉ、想像どおりだよ」

「えっ！」

小指をぴんと立ててやけに色っぽく言う夏美さんを、僕は呆然《ぼうぜん》と見つめてしまう。

……まじかー。苦いアイスコーヒーが、口の端から思わず垂れた。俺、愛人って初めて見た……。

その時、ガチャリと唐突にドアの開く音がして、

「おっ、来てるなあ？」のんびりした声がした。振り返ると、赤シャツ——須賀さんがビニール袋をぶら下げてべったべったと歩いてくる。

「久しぶりだなあ少年。ん？　ちょっと痩《や》せたか？」

そう言って僕に向かって缶を放る。キャッチするとそれはビールで、どういう意図なのか僕は一瞬戸惑い、すると夏美さんが素早く僕の手からそれを取りあげた。

「ちょっとぉ、もしかしてパチンコ？」

そう言って夏美さんはプシュッとプルタブを開け、ほとんど同時に須賀さんも缶ビールを開け、二人は当たり前のことのようにごくごくと飲み始めた。なんだなんだ、この人たち昼から飲むのかよ。

「で、少年、仕事探してんだろぉ？」

テーブル脇の低いソファーにどっかりと腰を下ろした須賀さんが、やけに嬉《うれ》しそうに僕を見る。ソファーの下に積まれた雑誌から一冊を引っぱりだし、僕に掲げる。

「我が社の目下の仕事はこれ。歴史と権威ある雑誌からの、執筆依頼！」

『ムー』と書かれたその雑誌の表紙にはピラミッドと惑星とおどろおどろしい巨大な瞳《ひとみ》が描かれている。促されるままに僕はページをめくってみる。「遂《つい》にコンタクト成功！　二千六十二年からの未来人」「総力特集　ゲリラ豪雨は気象兵器だった！」「入手した国家機密　東京を守る大量の人柱」。ネットのジョーク記事を五十倍くらいの生真面目さで論考してみましたがなにか？　的な誌面が続く。

「次の仕事は都市伝説でさ」心なしか半笑いで須賀さんが言う。

「とにかく人に会って目撃談や体験談を聞いて、記事にすりゃいいんだ」

「はあ……」

「簡単だろ？」

「え……ええ？　もしかして俺が⁉」

「ジャンルはなんでもいいからさあ。神隠しとか予言とか闇の組織の人身売買とか？　お前らガキはそういうの好きだろ？」

須賀さんはそう言ってスマホを取り出す。記事リストがずらりと並んでいる。「空から魚」「徳川《とくがわ》家と仮想通貨」「トランプはＡＩ」「火星地表にＣＤが」「スマホでチャクラ活性」「裏世界へのエレベーター」等々……。

「身近なとこで、これなんかどう？」と、リストの一つを指さす。

「ネットで噂の『１００％の晴れ女』」

「は、晴れ女？」

「私、晴れ女だよっ！」

はいっと夏美さんが元気に手を上げ、須賀さんはそれを無視する。

「このところずっと雨続きだからな。連続降水日数更新とかテレビで言ってたし。だからまあ需要あるだろ、な？」

「はあ……」どう返して良いのか迷っていると、

「なんだよお前、主体性ねえな」と須賀さんは呆《あき》れた声を出す。

「ちょうど午後から取材アポ取ってあるからさ、ちょうどいいや、ちょっと行って話聞いてきてよ」

「え、俺が？　今からですか⁉」

夏美さんがぱんっと両手を叩《たた》いて
「体験入店だね！」と弾んだ声で言い、

「インターンだろ」と須賀さんが訂正する。

「少年、面白そうじゃない！　私も一緒に行ったげるからさ！」

「いやちょっと待ってくださいよ、急にそんなこと言われても俺まじで無理ですから──」

＊　＊　＊

「もちろん、晴れ女は実在します」

それ以外の可能性なんてあり得ないという明朗さで、その取材対象者は言った。

「やっぱり！」

夏美さんがきらきらした声で身を乗りだす。目の前に座っているのは若いのか老いているのかよく分からないおかっぱ頭の小柄な女性で、そういう種類の動物のようにカラフルで大ぶりのアクセサリーを全身にまとっている。

「そして、雨女も実在します。晴れ女には稲荷《いなり》系の自然霊が憑《つ》いてて、雨女には龍神《りゅうじん》系の自然霊が憑いてるのね」

「え……はい？」

なんの話なのか僕はふいに混乱する。隣の夏美さんが更に興奮していく気配がする。取材対象者——というかここは雑居ビルにある占い館なので、この人が晴れ女というわけではなく、職業占い師なのだと思う——は、目に見えない紙を読み上げるように淀《よど》みなく続ける。

「龍神系の人は、まず飲みものをたくさん飲むのが特徴。龍だけにやっぱり無意識に水を求めちゃうのね」

飲みもの？　と僕は思う。

「龍神系は気が強くて勝負強いけど、大雑把で適当な性格」

性格？　さすがに取材意図と違う気がして言葉を挟もうとすると、

「え、それって私かな……」

と極めて真剣な声で夏美さんが言い、僕は思わず彼女の顔を見る。

「そして稲荷系の人は勤勉でビジネスでも成功しやすいけど、反面、気の弱いところもあるのでリーダーには不向き。なぜか美男美女が多いの」

「それって私だっ！」疑問が解けた子どもみたいな夏美さんの声。

「今は天の気のバランスが崩れてるから、晴れ女や雨女が生まれやすいの。いわばガイアのホメオスタシスね」

「なるほど！」

「でも注意しないと……！」

ふいに占い師は声をひそめ、すすすと乗りだして僕たちを交互に見る。

「自然を左右する行為には、必ず重い代償が伴います。お嬢さん、なにか分かる？」

いいえ、と言って夏美さんが生唾《なまつば》を飲む。占い師の声が一段低くなる。

「天候系の力はね、使いすぎると神隠しに遭ってしまうって言われてるの！ガイアと一体になってしまうのね。だから晴れ女や雨女の借金率、自己破産者数、失踪《しっそう》者数は有意に高いのよ！」

「それって……」夏美さんが眉《まゆ》を寄せる。

「私、気をつけますっ！」

帰り際、夏美さんは占い師から『人生の金運が開ける開運グッズ』を買っていた。


「――で、どうだった？」

僕はため息の代わりにイヤフォンを外し、ＭａｃＢｏｏｋの画面から顔を上げた。事務所の蛍光灯を逆光に、須賀さんが僕を見下ろしている。

「……ボーカロイドみたいな声の占い師に、ラノベの設定みたいな話をえんえん聞かされました。力を使いすぎると消えちゃうとかなんとか」

僕はメモと録音を元に、占い師の話を原稿にしているところだったのだ。

「やっぱそっち系だった？」ニヤニヤと須賀さんが言う。なんだよ分かってたのかよ、僕は腹が立ってくる。

「だいたい天気って、龍神系とか稲荷系とかガイアとか性格とか美男美女とか、そういうのぜんぜん関係ないですよね？　前線とか気圧変化とかの自然現象ですよね？　晴れ女とか雨女とかって、ぜんぶ『そんな気がする』っていう認知バイアスですよね？　いるわけないじゃないですか！」

僕がネットでググった正論をぶつけると、

「あのなあ」須賀さんはふいに苛立《いらだ》ったような声になる。

「こっちはそんなのぜんぶ分かっててエンタメを提供してんの。そんで読者もぜんぶ分かってて読んでんの。社会の娯楽を舐《な》めんじゃねえよ」

僕は言葉を飲み込む。須賀さんはＭａｃＢｏｏｋの画面を覗《のぞ》き込み、僕の書きかけの原稿を読んでいる。——そういうもんなのか。僕は実はうっすらと感動してしまっている。ぜんぶ分かってやっている。社会の娯楽を舐めんじゃねえよ。

「まだこれしか書けてねえのかよ遅《おせ》えなあ」

顔を上げた須賀さんに言われ、すみません、と反射的に頭を下げてしまう。

「……でもまあ、文章は悪くねえな」

ぼそりと言われたその言葉に、あめ玉をもらった子どもみたいに嬉《うれ》しくなった。僕は中学の頃から小説めいた文章を書くことが好きで（誰にも言ったことはなく、まだ完成した作品と呼べるものは一編もないけれど）、文章を書くことにはささやかな自信があったのだ。それにしても——この人といると気持ちがジェットコースターみたいに上下することに、僕は気づく。

「おっし、少年採用！」

「え……ええ!? ちょっと待ってくださいよ、俺やるなんてひと言も——」

まだ採用条件も給与内容もなにも聞いていないのだ。バイトを探しているのは確かだけど、こんな怪しい事務所で――。

「この事務所に住み込み可」

「え？」

「飯付き」

「……や、やりますっ！　やらせてくださいっ！」思わず前のめりに言っていた。欲しいものだけが詰まった福袋を見つけたように、他の誰にも渡したくない気持ちに僕は急になっている。須賀さんは嬉しそうに、「そうかそうか！」と僕の背中をばんばんと叩く。

「で、君、名前なんだっけ？」

「え？」気持ちがからんと冷める。ちょっと待てよおい、名前も覚えていない人間を雇おうとしてたの？

「ウケる！」

キッチンの夏美さんが笑って僕たちを見、

「帆高くんでしょ」と言いながら料理を運んでくる。

「あ、俺手伝います！」

大量の唐揚げに白髪葱《しらがねぎ》と大根おろしがたっぷり添えられた大皿。トマトとアボカドと玉ねぎのサラダ。牛肉やセロリやマグロがはみでた手巻き寿司《ずし》。急に、強烈にお腹がすいてくる。ほら、と須賀さんから渡されたのはやはり缶ビールで、僕はもうなにも言わずにコーラの缶と取り替える。

「おーっし、帆高の入社を祝しまして！」

須賀さんと夏美さんが揃ってプルタブをプシュッと開け、僕も慌ててコーラを開ける。

「かんぱーい！」

がちんがちんがちんと三本の缶がぶつかる。

すげえ強引な人たちだなあと呆《あき》れながらも、誰かと一緒に夕食を食べることがずいぶん久しぶりであることに、僕は唐揚げを嚙《か》みながら気づく。その事実と唐揚げの美《お》味《い》しさになんだかちょっと泣きそうになってしまう。須賀さんも夏美さんもものすごい勢いでお酒を飲み続けて当然すみやかに酔っ払っていき、編集者の愚痴やネットのゴシップで盛り上がり、僕の今までの身の上話も強引にさせられて、それはくすぐったくはない場所をずっとくすぐり続けられているような——たとえば頭の後ろを誰かの優しい手で搔《か》き続けられているような、不思議な感覚を僕に残した。それはぜんぜん不快ではなかった。ずっと未来、自分が老いて孫を持つような歳になった時にも、僕はこの雨の夜のことをふいに思い出すのではないか。そんな不思議な予感があった。

このようにして、僕の東京での新しい毎日が始まったのだ。

第二章　大人たち

その少年は、まるで迷子の仔犬《こいぬ》みたいに見えた。

白いTシャツにロールアップのジーンズとスニーカー。真っ黒な髪はすこし目にかかっていて、一ヵ月分くらい余分に伸びてしまったかんじ。肌は健康的に灼《や》けていて、美白やスキンケアなんかとは無縁だろうに内側から輝くように艶《つや》やか。大きな瞳《ひとみ》を、たっぷりの好奇心できらきらと光らせていた。

私はといえば、その夏は人生でも底辺に近い場所を彷徨《さまよ》っているような時期だった。大学四年の夏休み。同級生たちはいくつも企業の内定をもらっているのに、私はまだ就職活動すらしていなかった。都内の実家で生活費にも困っていないくせに毎日アルバイトに通い、かといってそのバイトに熱を入れるでもなく、なにかに抗議するような心持ちで毎日を意識的にだらだらと過ごしていた。そのなにかとは言葉にするならばたぶん「親」とか「社会」とか「空気」とか「義務」とかで、それが幼い反抗心だとは分かってはいても、私はどうしてもまだ就活をする気持ちになれないでいた。まだ早いのに、と私は思っていた。まだ早い。まだ準備が出来てない。私はまだ、なにも屈服なんてしたくない。

——要するに私は大人になりたくなくて拗《す》ねているのだ。我ながらかなりダサい。そんな自分の駄目さかげんにぼんやりと途方に暮れているときに、少年は現れたのだった。ずいぶん無邪気に無防備に、一つひとつの言葉や出来事や風景に大袈裟《おおげさ》すぎるくらい感動しながら。

いきなり部活の後輩の世話を押しつけられたような、面倒くささと好奇心、ちょっとした誇らしさ。夏美さん夏美さんと、今もバイクの後ろで私の名を呼ぶはしゃいだ声を聞きながら、私はそんな奇妙な懐かしさと、新しいなにかがふいに始まったような昂《たか》ぶりを感じていた。バイクで切る雨混じりの風が、久しぶりに心地好《よ》かった。

＊　＊　＊

「夏美さん、ねえちょっと、今、ベルサイユ宮殿みたいなのがっ！」

僕は思わず声を上げた。視界の端に、緑の芝生に囲われた巨大な洋館のようなものが見えたのだ。夏美さんはバイクを運転しながら笑う。

「ウケる帆高くん！　それは迎賓館だね、このへん赤坂《あかさか》御用地だから」

僕は思わず赤くなる。

「君、なんだかずっとはしゃいでるねえ」

夏美さんに赤い顔を見られなくて良かったと、雨合羽《あまガッパ》の後ろ姿を眺めながら思う。僕は夏美さんのバイクで次の取材場所に向かっているところだ。雨に濡《ぬ》れた景色が、びゅんびゅんと後ろに流れていく。自分が東京のどのあたりにいるのかはまだぜんぜん分からないけど、どこにいてもどれだけ眺めていても、この風景には飽きない。森林のような公園、空を映すぴかぴかのビル、古くさい商店街と人混み、ＳＦめいたフォルムのスタジアム、不意に現れる教会や鳥居、何千もの部屋が視界に収まるタワーマンションの群れ。ばらばらの場所をぎゅっと詰め込んだ箱庭のようで、自分がこの街で雨を浴びていることが今でも嘘みたいに思える。

事務所は、須賀さんの経営する小さな編集プロダクションだった。

僕が言いつけられた仕事は、まずは雑用全般。事務所は須賀さんの住居も兼ねていたから、僕は毎朝七時に起きて食事の準備をする。料理なんてしたこともなかったから最初はずいぶん戸惑ったのだけれど、幸い須賀さんは家事についてはこだわりがあまりない人のようで、僕が不器用に作った目玉焼きや味噌汁《みそしる》でも、コンビニで買ったカップの味噌汁とお惣菜《そうざい》でも、特に感想も区別もなくもそもそと食べてくれる。

それから、掃除と片付け。須賀さんがそこらじゅうに置きっぱなしにするカップやグラスや空き缶を片付け、食器を洗い、ゴミを分別して出す。須賀さんが子どものように脱ぎ散らかす靴下やTシャツを拾い集めて洗濯をし、トイレとシャワーを掃除する。

その後に、ようやく仕事めいたことを開始する。郵便受けに詰め込まれるはがきや封筒を仕分けし、出版社への請求書を書き、空き箱に放り込まれている領収書を日付別にノートに貼り付ける。一番時間がかかるのはインタビューの文字起こしだ。スマホやICレコーダーに録音された取材の音声を、文章として打ち直していく。その文章を材料として、須賀さんや夏美さん（そして希《まれ》には僕）が原稿を作るのだ。

そのうちに、ピンク色のホンダのカブに乗った夏美さんが事務所にやってくる。夏美さんは社員ではなくアルバイトのようなのだけれど、この会社の経理面は夏美さんが仕切っている。

「ちょっとお、酒代は交際費だって教えたでしょう⁉」

と帳簿を見た夏美さんに叱られ、

「まだこれしか書けてねえのかよ」

とパソコンを覗《のぞ》く須賀さんになじられ、

「ちゃんと特売で買わなきゃだめでしょう?」

とスーパーの領収書を見た夏美さんに怒られ、

「だからケバを取れって言っただろ? 人間の言い淀《よど》みまで百パー文字にしても無意味だろうが!」

と文章を読んだ須賀さんに怒鳴られる。

『また留守ですか? 明日《あした》には戻るはずだって昨日あなたが言いましたよね?』

と締め切りを催促する編集者からの電話に頭を下げ、

「お前さあ、炭酸は冷やしとかないと台無しだろうが!」

と、居留守を使っているくせに酒を飲む須賀さんにハイボールのダメ出しをされる。

未知の濁流に押し流されているような毎日で、僕は自分の無知と無能にいちいち自分で驚きながら、毎日必死に働く。でも自分でもとても不思議なのだけれど——どれだけ叱られ続けても仕事はまったく辛《つら》くはなく、むしろ怒られるほど僕はわくわくと嬉《うれ》しくなるのだ。どうしてだろう。俺ってそういうタイプだった? つい先月まで、誰かに命令されることや押さえつけられることをあれほど憎んでいたのに。この二週間で、自分のなにが変わったのだろう。

「この人たち、晴れ女探してるんだって！」

「なにそれウケるー！」

女子高校生の三人組が大声で笑い、あまりのボリュームに僕は思わず周囲を見回してしまう。到着したのは大きな百貨店の向かいにあるファミレスで、平日の昼間だというのに人で溢《あふ》れている。夏美さんがネットでアポを取った女子高生三人は、制服の短いスカート姿なのにソファーに体育座り。僕は久しぶりに接近した同年代女子たちのあけすけな態度になんだか気圧《けお》されてしまう。噂話を聞かせてもらうことのギャラは、ドリンクバーと好きなデザート一品ずつだそうだ。

「妹の友だちの彼氏の友だちのクラスメイトがね、完璧《かんぺき》に晴れ女なんだって！　え、年齢？　知らないけど、妹と同じだとしたら中学生くらい？　でもとにかくすごいのよ、その子がいると晴れになることが多いとかそういう普通のコトじゃなくて、もうネクストレベル晴れ女！　神棚にお願いするみたいにね、いついつ晴れにして欲しいってお願いすればいいんだって。たとえばどうしても晴れて欲しいデートの日とかにさあ――」

僕は必死にメモを取る。録音だけに頼るなよ。流れを摑《つか》んでメモを取れ。そういう須賀さんの言葉を思い出す。

「次いくよ、三十分後に早稲田《わせだ》でアポ！」

夏美さんの後ろを、部活の後輩になったような気分で僕は走る。

「メールでもお伝えしましたけどね」

薄い眼鏡をかけた真面目そうな男性が、研究室の前でめんどくさそうな声を出す。

「セキグチさんの紹介だからお受けしましたけどね、うちは気象庁とも連携した極めてまっとうな研究室でして。いや別におたくの雑誌がまっとうじゃないというわけではないんですが――」

そうやって渋っていた男性が、二十分後にはなぜか泡を飛ばす勢いで前のめりになっている。

「その時、私がモニタリングしていた観測気球のビデオゾンデが異様な影を捉《とら》えたんですっ！　積乱雲の深部、地上からは決して見えない雲の中に、まるで生物のように群れをなして移動する微細な物体が！　いやもちろん正体は分かりません、単なるノイズだった可能性もあります、しかしあまり人には言いませんがね、私は空にはまだ未知の生態系が存在していてもおかしくないと思っています。空は海よりもずっと深いんです。実際年配の研究者の方々と酒宴でご一緒するとですね、この手の話というのは必ず話題にのぼります。たとえば――」

「だから冗長だって。もっと端的に書けよ。まどろっこしい比喩《ひゆ》が多すぎ」

とプリントアウトを読む須賀さんに叱られ、

「ちょっとお、打ち合わせは会議費でって教えたでしょう⁉」

と帳簿を見た夏美さんに怒られ、

「だから文脈をちゃんと追えよ！　頭とケツがつながってねえだろ。この段全部消して書き直せ！」

とパソコンを覗き込んだ須賀さんに怒鳴られる。夕方に取材から戻ってきて既に深夜、僕たちはまだ原稿を書いている。「最新版・東京の都市伝説」。三十ページの特集記事だ。

「あーでもこっちの段は悪くねえから、ページの頭に持ってきて惹《ひ》きにしてみろ」

「はいっ」

「帆高くんコーヒーいれてくれる？」

「はいっ」

「インスタントじゃなくて豆挽《ひ》いて」

「はいっ」

「帆高、俺なんか腹減った」

「はいっ」

「私も。やっぱコーヒーいいや、麺《めん》がいいな」

「はいっ」

「俺うどんだな。皿うどん」

「はいっ」

「いややっぱ焼きうどん」

「はいっ！」


クックパッドを表示したｉＰａｄをシンクの脇に置き、慣れない包丁で玉ねぎを切り人参《にんじん》を刻み、豚肉がなかったのでツナを入れて、粉末ソースと一緒にうどんを炒《いた》め、かつお節を振りかける。

出来上がった焼きうどんを運ぶ頃には、二人はデスクにつっぷして眠り込んでいる。明日中の原稿がまだ終わっていない、起こさなきゃ——そう思いつつも、僕はすこしだけ立ち止まり、二人の顔を眺める。須賀さんの肌は乾いていて、無精髭《ぶしょうひげ》に白いものがちらちら混じっている。夏美さんは肌も髪もつるつるで、近づくと胸が苦しくなるような素敵な匂いがする。二人ともなんかかっこいいな、と僕は思う。そういえば玉ねぎを切ると涙が出るって本当なんだな——自分が今までそんな経験もしていなかったことに、僕は今さらに心の底から驚く。そして唐突に、すとんと理解する。

——そうか。皆が取材でなんでも話してくれるのは、だからだ。女子高生も大学の研究者もいつかの占い師も、相手が夏美さんだからこそあんなふうに喋《しゃべ》ったのだ。誰のことも否定せず、相手によって態度も変えず、きらきらした好奇心で相づちをうってくれるこの人だから、荒唐無稽《こうとうむけい》なことでも皆すんなりと話せてしまうのだ。

そうか、だからだ。僕はまた理解する。どんなに叱られてもちっとも辛くない理由。僕が変化したわけじゃない。相手がこの人たちだからだ。須賀さんも夏美さんも、僕が家出少年であろうと関係ないのだ。当たり前の従業員として、当たり前に頼ってくれるのだ。僕を叱りながら、お前はもうちょっとマシになれる、彼らはそう言ってくれているのだ。その瞬間だけがチクリと痛い注射のように、それが僕の体を強くしているのだ。

重くてきつい服がようやく脱げたようにすっきりとした気持ちで、起きないと風邪ひきますよと、僕は須賀さんの肩を揺すった。

＊　＊　＊

圭ちゃんが彼を拾った理由が、私にはなんとなく分かるような気がした。私も圭ちゃんもその頃たぶん、きっかけのようなものを探していたのだ。自分の行く先を変える、ほんのすこしの風のようなものを。信号機の色が変わる、ほんのちょっとのタイミングのようなものを。

ほら、夏美さんも起きてください――私の肩を揺する彼の声を聞きながら、きっともうすぐ――この夏が終わるころには、長く続いていた私のモラトリアムも終わるのだという予感のようなものを、私はぼんやりと感じていた。

第三章　再会・屋上・輝く街

「あ、これだ」

ドン・キホーテの混沌《こんとん》とした棚から、僕は小さな箱を手に取った。赤いパッケージには金色の龍《りゅう》がどーんと空に昇るイラストと『中年元気！　マムシドリンク』の文字。

「あの人、こんなもん飲んでどうすんだよ……」

夏美さんの顔が漫画の吹き出しみたいにぽわーんと思い浮かび、僕は赤くなった顔をぶんぶんと振る。他にも『とどめのマカ』だの『明日へのスッポン』だの『高麗人《にん》参《じん》メガMAX』だのをメモ通りにかごに入れて、須賀さんに言われたとおりに領収書をもらい（セコい）、会計をして店を出た。しかしこういう買い物を他人に頼む図太さはあるくせに、こんなものを飲んでまで取り戻したいものがあるものなのか。歳を取るっていうのもけっこう切ないものなのかなと、僕は須賀さんの髪に混じる白髪を思い出しながら思う。たしか四十二歳だっけ？　それが人生のどのあたりの段階なのか、僕には大人の年齢感覚がまだよく分からない。

用事を済ませてもバス停には戻らず、僕は歌舞伎町の路地に入った。そこは傘を閉じなければ歩けないほど狭くて、両側の壁には室外機や電気メーターや排水パイプがそういう植物のようにへばりついている。人の気配は途切れているのに、足元には煙草の吸い殻が散らばり、壁や配電盤はステッカーや落書きでびっしりと埋められている。

「あ、いた！」

掠《かす》れた声でにゃーと鳴きながら、痩《や》せこけた仔猫《こねこ》が歩いてくる。

「アメ！　元気だったか？」

ポケットからカロリーメイトを出してしゃがんで差し出すと、アメは器用に前足を両手のようにして受け取る。「えらい！」と、がつがつと食べる背中に声をかける。買い物や取材でこうやって新宿に来るたびに、僕はアメに会いに来ているのだ。初めて出会った夜から気づけばもう一ヵ月以上が経ち、最初は小さなペットボトルくらいのサイズだったアメも、一回りくらい大きくなったような気がする。もうすぐ七月も終わる。相変わらず雨続きの夏だ。

「大丈夫だよ、簡単な仕事だって！」

路地から出て傘を開いたところで、男の声が耳に届いた。目を伏せて早足で歩くノースリーヴの少女と、その背中を覆うような大柄な男二人が、目の前を通り過ぎていく。

「ちょっとだけ試してみようよ、今日からお給料出せるよ。うちの店、すぐそこだからさあ」

男の金髪と、笑うように喋る冷たい声。少女の二つに結んだ髪と、黒目がちな大きな瞳《ひとみ》。どちらも見覚えがあった。

路地裏のホテル街、そのすこし先に、軒の低い長屋風ビルがある。一ヵ月前に僕が眠り込んでしまった場所だ。その店の前で、二つ結びの少女と金髪ピアスたちはなにやら話をしている。戸惑う少女を男たちが説得しているようにも見える。思わず跡をつけてきてしまった僕は、物陰から彼らの様子を覗《のぞ》いている。

——どうすべきだろうか。

声をかけるべきだろうか。助けるべきだろうか。僕はあの日のマクドナルドを思い出す。君、三日連続でそれが夕食じゃん——叱るような励ますような、あの時の少女の声と笑顔。

「でも——」

別に彼女は嫌がってなんかいないのかもしれない。普通に知り合いなのかもしれないし、仕事の話をしているだけなのかもしれない。

「え、ちょっと……！」

ふいに、悲鳴めいた少女の声が小さく聞こえた。見ると、金髪ピアスが少女の肩を抱き、強引に店に入ろうとしている。僕は傘を捨てる。もう考えるより先に、足が駆け出していた。

「うわっ、なんだよ!?」

金髪と少女の間に強引に割って入った。

「行こう！」

「えっ!?」

僕は少女の手を取り、後ろを見ずに駆け出す。

「おいおいおいおい、ちょっと待てよテメエ！」

背中で男たちの声がする。地理の分からない街を、僕は必死に走る。少女が戸惑ったような声を出す。

「ねえちょっと君……！」

「いいから走って！」

後でちゃんと説明するから、怪しいものじゃないから心配しないで。そんなふうに伝える余裕もない。髪とTシャツが雨で重くなっていく。ホテル街を出たはずなのに、気づけばまた別のホテル街を僕たちは走っている。

「わっ!」

目の前の路地から、二人組のうちの一人が駆け出して来た。まずい、挟まれる。そう思ったとたん、後ろからシャツの襟を思いきり引っぱられた。

「このガキが!」

濡《ぬ》れたアスファルトに背中から倒された僕に、金髪ピアスが馬乗りになる。僕の体の上で息を整えてから、金髪は僕の頰をぺちぺちと軽く叩《たた》きながら言う。

「ねえねえねえねえ、君さあ――」

半笑いの低い声。右手を振り上げ、

「なんのつもりだよ、ええ⁉」今度は思いきり頰を張られた。痛みと恐怖を必死に飲み込み、僕は声を張り上げる。

「あの子、嫌がってたじゃないか!」

「……はあ?」呆《あき》れたような声。

「あほか! 女とも話はついてんだよ。なあ?」

僕は驚いて少女を見る。隣にはもう一人の男がぴったりと立っていて、少女は気まずそうに俯《うつむ》く。

「……！」

そんな。頭が真っ白になる。じゃあ僕がやったことは――。

「あれ？　お前もしかしてさあ、あの時のガキか？　うちの店の前で眠り込んでた」

金髪が今さらそんなことを言い、勝手に納得したように笑う。

「なんだよ、俺への仕返しか！」

頬骨がガチン！　と鳴った。今度は拳《こぶし》で殴られた。痛みが目の奥で弾《はじ》けて全身が痺《しび》れていく。鉄の味が口の中に広がっていく。ちょっと、止めてください――少女の泣き出しそうな声が聞こえる。情けなさと、その反発のような怒りが全身に満ちてくる。

右手の先が、お守り代わりに腰に差していたオモチャの銃に触れる。

「ちくしょうッ……！」声が震える。「どけよ!!」とっさに、銃を抜いて金髪に向けた。

一瞬驚いた後、男たちは顔を見合わせて笑う。

「は？　なにそれ、オモチャ？　こいつマジで馬鹿だわ」

必死に金髪を睨《にら》みつける僕の眼球を、大粒の雨が打つ。いつの間にかどしゃ降りになっている。視界が雨にかすんでいく。心臓が狂ったように跳ねている。男たちの笑い声が雨に溶けて遠ざかっていく。

――ドン！

僕は引き金を引いていた。耳にねじ込まれた重い轟音《ごうおん》、チンッという薬莢《やっきょう》の落ちる音、ぷうんと漂う火薬の臭い。

金髪の奥にある街灯が、割れていた。

本物の、銃だ。

全員が目を見開いて、銃口を見つめていた。

最初に我に返ったのは少女だった。「立って！」と僕の手を取る。金髪はぽかんと口を開けたまま尻餅《しりもち》をつき、僕はその体の下から抜け出した。その場から走って、僕たちは逃げ出した。

コンクリートの壁に、僕たちの荒れた息が反響している。

足元の床には深い水たまりがあり、割れた窓から吹き込む雨がひっきりなしに波紋を作る。

少女に連れられて逃げ込んだその場所は、新宿から踏切を一つ越えた先、代々木《よよぎ》駅近くの廃ビルだった。賑《にぎ》やかな往来の中で、その雑居ビルだけがぽつんと茶色く朽ちていた。表の喧騒《けんそう》は屋内にはほとんど届かず、うっすらと山手線の音だけが、別の世界から届くように小さく聞こえていた。僕たちがいる部屋は昔はなにかの飲食店だったのか、錆《さ》びついた丸椅子やテーブルや食器や調理器具が、雑草に混じってあたりに散らばっている。

しばらく無言で息と動悸《どうき》を整えていると、少女がふいに口を開いた。

「……勝手になにするのよ！　ハンバーガーのお礼のつもり？」

薄暗い空間に、怯《おび》えと怒りの混じった声が響く。少女は僕を睨んでいた。言葉に詰まる僕に、少女は詰め寄る。

「さっきの銃、なに？　あなたなんなの⁉」

「あれは……拾ったんだ、オモチャだと思って――」

信じられない、という顔を少女はする。僕は必死に続ける。

「お守り代わりに持ってただけで、ただ脅かそうとしただけで、まさか本当に――」

「なによそれ⁉　あんなの人に向けて撃つなんて――殺してたかもしれないじゃん！」

僕は息を呑《の》む。

「信じられない。気持ち悪い。最悪！」

吐き捨てるようにそう言って、少女は出口に向かって大股《おおまた》で歩き出す。濡れた足音が壁や天井に乱暴に反響する。少女は部屋から出ていく。僕はただ呆然《ぼうぜん》とその背中を見つめている。遠ざかっていく音の一歩一歩が、自分のやったことを僕に突きつけてくる。彼女の言うとおりだ。こんなものをお守り代わりに持ち続けて、自分が強くなったようなつもりになって、見当違いにヒーローの真似事をして、他人に向けて引き金を引いて——人を、殺していたかもしれないのだ。

ほとんど反射的に、僕は銃を投げ捨てた。もう一秒でも持っていたくなかった。それが壁にぶつかり尖《とが》った音を立てると同時に、僕はその場に膝《ひざ》をついた。もう立っていられなかった。きつく目をつむる。東京に出てきたこと、はしゃいで過ごしていたこの数週間、その全部が馬鹿げた間違いだったような気がしてくる。殴られた頬の痛みが思い出したようにぶり返してきて、心臓の鼓動にあわせてズキズキと強くなっていく。もうなにも考えることが出来ず、僕はただその場にうずくまっていた。

しばらくして、ふたたび靴音がした。

顔を上げると、少女が僕の前に立っていた。両手をパーカーのポケットにつっこみ、憮然《ぶぜん》と目を伏せている。僕は思わず尋ねる。

「どうして——」

「……私、バイト、クビになっちゃって」

「……え？　それって俺が——」もらったハンバーガーのせいだろうか、と僕は思う。

「別に君のせいじゃないけど……」

少女はそう言って、ふいに言い訳めいた小さな声になる。

「……でもだから、稼げる仕事が必要だったの——」

「……ごめんっ、俺……」

僕はまた言葉に詰まる。そうだ。誰にだって事情があるのに。ふいに目の裏側が熱くなって、僕は慌ててそれをこらえる。顔をうつむけ、ぎゅっと目を強くつむる。

ふふ。小さな笑い声がして、驚いて顔を上げた。少女が僕の顔を覗《のぞ》き込んでいた。大きな瞳《ひとみ》が弓形に優しく細められている。

「ね、痛い？」

僕の殴られた頬に指先を触れる。

「え、いやっ、別に……！」

少女はまたおかしそうに笑う。

「君、家出少年でしょ？」

「え！」

「分かるよ、それくらい。遠くから？」

「あ、うん、まあ……」

僕がそう答えると、ふいにいたずらっぽい表情になる。

「ね、せっかく東京に来たのに、ずっと雨だね」

「え？」

「ちょっと来て！」

小さな子どものような自然さで、少女は僕の手を取った。


錆びついた鉄の非常階段を昇ると、そこはビルの屋上だった。

床のタイルはひび割れ、いちめん緑の雑草に覆われている。そこに細い雨がまっすぐに降りそそいでいた。遠くには、僕がまだ名前を知らない様々な形の高層ビルが灰色のシルエットになっている。

「ねえ、今から晴れるよ」

「え？」

思わず空を見上げた。灰色の雨雲と相変わらずの雨。少女を見ると、両手を組んで祈るように目をつむっている。

「ねえ、それってどういう意味……」言いかけて、僕は言葉を飲み込んだ。

少女がうっすらと光っていた。いやちがう、どこからか、淡い光が少女に当たっていた。いつの間にか吹き始めた風が、少女の二つ結びをふわりと持ち上げている。しだいに光が強くなる。少女の肌と髪が、光を浴びて金色に輝く。まさか——僕は空を見上げた。

「うわあぁぁっ」

頭上の雲が割れ、眩《まぶ》しい太陽がまっすぐに輝いていた。きらきらと光る雨粒がまばらになっていき、ゆっくりと蛇口を閉めたように雨が止んでいく。気づけば周囲の世界が、塗り直したように鮮やかに色づいていた。青い窓ガラス、まっ白な外壁、原色の看板、銀色の線路、散らばったお菓子のようにカラフルな車たち。東京は色に溢《あふ》れていた。瑞々《みずみず》しい緑の匂いが、いつの間にか大気に満ちていた。

「晴れ女……？」思わず口から出た僕の馬鹿な言葉に、少女は笑い声を返す。

「私、陽菜《ひな》。君は？」

「……帆高」

「いくつ？」

「え……十六」

「ふうん」

少女は首をかしげて、上目遣いで僕を見る。また笑顔が弾《はじ》ける。

「年下かあ」

「え？」

「私はねえ、えーと、来月で十八！」

「え、見えねえ！」

思わず本音が口をついた。幼い顔つきをしているからせいぜい同い年、なんなら一つ二つ下かと思っていた。ふふーんと、彼女は今度は誇らしげに笑う。笑いの全部に、陽射しみたいな色がある。

「年上には敬語ねっ！」

「ええ!?」

「ふふっ」

少女は楽しそうに空を見上げる。空にむかって伸びをするみたいに、右手をぐーっと上げていく。手のひらが、濃い影を少女の顔に落とす。

「よろしく、帆高」

僕の瞳をまっすぐに見て、なにかが始まりそうなとびきりの笑顔で、陽菜さんはそう言った。右手を僕に差し出す。促されるように握手をすると、陽菜さんの手のひらからは太陽の温度がした。

第四章　１００％の晴れ女

目撃談Ａ　専業主婦Ｋ子（二十六）・東京都江東区《こうとう》在住

ほんとに、わざわざ人に話すようなことでもないんです。

息子はまだ四歳だし、空想と現実が混じっちゃうようなことだってあるだろうし。でも――はい、そうです。私も見たんです。というか、見えたような気がしたんです。

はい、そうですよね。順番にお話ししますね。

――あの日の天気？　雨ですよ、もちろん。ていうか、もうずっと雨でしょう？　今年は夏前からずっと天気が悪いですよね。あの日は特に酷《ひど》かったな。風も雷《かみなり》もすごくって。うちは三十八階なので――そう、タワーマンションなの――、そういう時の眺めってすごいんです。雨雲がＣＧみたいにぐおーって窓に迫ってきて、雷なんかばんばんビルに落ちるところも見えたりして。

そんな天気だったから、幼稚園もお休みで息子は家にいたんです。私が料理をしている時だったかな――え、メニュー？　たしかバーニャカウダだったかな。いえそんな、意外に簡単なんです！　ワインに合うし、男ウケも女ウケもいいし。そうそう、ママ友の集まりとかね、料理も持ち回りだから。地味すぎてもしらけるし高級すぎても嫌みだし、その点バーニャカウダは完璧《かんぺき》なのね。華やかなのが一品あれば、あとはパスタとかパンとかリッツとかでもぜんぜん格好がつくから。ママ友同士の社交って、そんなふうになかなか気を遣うの。

(以下三十分、ママ友会の話題)

ふう、それでなんのお話でしたっけ？――ああそうそう、それ！　空から魚が降ってきた話。

息子がね、料理中の私に言うんです。「ママ、おさかな！」って。私は「へぇー、いいわねー」とか生返事して、料理に集中してて。あの子、いつもはそれですぐに諦《あきら》めるんです、ママはいま忙しいんだなって察して。でもその日は珍しく、私の服を引っぱるの。「ママちょっときて、お外におさかながいるよ」って。でもいるわけないでしょう？　うち三十八階よ？　でも窓までついて行ったの、あの子がそんなふうに主張することってあまりないから。「どこにお魚がいるの？」って訊《き》いたら、息子は窓のすぐ外、コンクリートの狭い段差を指差すんです。覗き込んでみたけど、雨が飛沫《しぶき》を立てて跳ね返っているだけで。でも、

「みえた？」

って息子は訊くんです。

「え？」

「あめのかたち。よくみて」

なんだかゾクッて怖くなっちゃって、でも私、吸い込まれるようにして雨の飛沫をじっと見てみたんです。そしたら——私、その瞬間全身鳥肌が立ったわ。雨粒にね、メダカみたいな小さな魚が混じってたの！

ううん、それは魚っていうか、やっぱり雨なの。透明な水が、小さな魚の形をしてるの。それが外壁にぶつかって生き物みたいに跳ねてるの。でもそこの窓ははめ殺しで開かないし、じっと見ていたらやっぱりただの雨粒に見えてきて。息子も、あれ、いなくなっちゃったね、って……。

そう、だから、最初に「見えたような気がした」って言ったんです。誰かにお話しするほどのことでもないなって。うちの主人なんかもぜんぜん信じないし、「それはゲシュタルト崩壊だね。俺もたまに文字が文字に見えなくなったりするよ」とか見当違いのことを得意げに言うだけだし。あなたに話せてなんだかすっとしたな。

お姉さん、今度うちで女子会しない？

目撃談B　中学生Y次郎（十三）・東京都台東《たいとう》区在住

俺の話なんかで本当にいいんすか？　いやもちろん、話すのはいいんですよ、誰かに聞いてほしかったし。でも俺もあいつも、いまいち自信がないんですよ。他に目撃者がいるわけでもないし、起きたことといえば結局びしょ濡《ぬ》れになったってだけだし。

あの日は、ちょうど部活が終わって帰ろうとしたところでした。はい、夏休み中ですけど、部活があって。え、ちなみに？　いや別にどこでもいいじゃないすか……将棋部ですけど。いやいやモテませんよ、女子人気要素ゼロですよ現実の将棋部なんて。

……そうかな、いやでもなんか嬉《うれ》しいっす。

で、その日、友だちが興奮して部室にやって来たんです。すげえもんがあるから早く来いって。そいつクラスでもわりと冷静なタイプだから、珍しいなって思ったんです。こいつがすげえって言うんだから、もしかしたらほんとにすげえのかなって。そいつについて、傘を差して線路沿いを走りました。

「すげえもんってなに？」って訊いても、説明出来ない、とにかく見なきゃわかんないからってそいつは言うんです。車一台しか通れないような狭い路地に入りました。

防音シートのかかった工事中のビルに挟まれてて、ひとけのぜんぜんないような場所です。

「ほら、あそこ！」

友だちが指さしたのは、建物の隙間にある電線越しの曇り空です。

「はあ？　なんにもねえじゃん」

「いやあるんだって！　よく見てくれよ！」

すげえ必死な表情でそう言うんです。だからとにかく、じっと空を見てみました。そしたら——なんか、違和感があるんです。しばらくして気づきました。雨の音はするのに、俺たちのいる場所だけ雨が降ってないんです。見えない屋根でもあるみたいに。ふと、空でなにかがチラチラ動いているのが見えました。それは小さな波紋でした。雨の日のプールの水面を下から見ているみたいに、空に波紋が出来ては消えているんです。

「なんだ、あれ……!?」

それを見つめたまま、何歩か後ずさりました。そしたら、ぐにゃりと空が歪《ゆが》むんです。水だ、と思いました。というか、水で出来たなにかでっかいものが、ビルとビルの間にひっかかっているみたいでした。

「魚……？」

隣で友だちが呟《つぶや》いて、そうだ、と思いました。イルカとか鯨とか、それはそういう形に見えました。次の瞬間です。

「うわあっ」

揃って声を上げました。水の魚が突然崩れて、降ってきたんです。それはゲリラ豪雨を十倍にしたみたいな――滝の下にいきなりワープしたような、一瞬の激しい雨のようでした。水がやんだ時には俺たちはずぶ濡れで、手に持った傘は強風に吹かれたみたいに骨が折れていて。ビルの隙間のそれはすっかり消えていて、あたりにはうっすらとした水煙だけが残っていました。

――だからまあ、結局はものすごい雨に遭った、っていうだけだったような気もするんです。何の証拠も残ってないし、誰にも話してません。ネットにギャグっぽくちょっと書いただけで。そしたらお姉さんからDMが来てびっくりしました。

……あの、お姉さんってテレビに出てるヒトですか？　え、ちがうの？　いやなんていうか、すげえキラキラしてるっていうか……。わ、そういえば俺、女の人とこんなに長く話したの初めてかも。

＊　＊　＊

『お天気、お届けします』

と僕はノートに大きく書き、その下に四角い枠を書き、『5000円』と書き込んだ。すこし考えてから『5』の文字を消して『4』にし、また消した。

「高すぎるかなあ……」

うーん、どうしたもんか。バーカウンターには時代遅れのブラウン管テレビが置いてあり、ぼやけた画質のお天気キャスターがさっきから喋《しゃべ》っている。

『既に連続降水日数は二ヵ月以上を記録し、今後の一ヵ月予報でも、降水量が多く雨が続くとみられています。気象庁は「極めて異例の事態」との見解を発表し、土砂災害などに最大級の警戒をするようにと――』

「ねえ帆高くん！」

うきうきした声が飛んできて、僕はノートから顔を上げた。夏美さんがソファーに体育座りで、タブレットを覗《のぞ》き込んでいる。

「ちょっと凄《すご》いよお、これっ！」

道路脇の排水溝に、乳白色の物体が散らばっている。それは大きめのしらすくらいのサイズ・形に見える。

次の写真は、どこかの駐車場。車のタイヤの周囲に同じような物体。

その次は、母親が子どもを撮った写真。石畳にちらばったそれを鳩がつついていて、傘を差した女の子がその様子を覗き込んでいる。

「たしかに魚に見えなくもないですけど……」写真を拡大しながら僕は夏美さんに言う。「……これが、雨と一緒に空から降ってきたんですか？」

SNSに投稿された写真には、どれもそう書かれている。

「でも写真だけで、証拠はなにも残ってないんですよね？」

「触ると消えちゃうのよ。ほら」

そう言って、夏美さんは誰かが投稿したムービーを再生する。映っているのは、表面が乾いたゼリーのような数センチほどの塊。撮影者の指が画面に入ってきて、恐る恐るそれに触れる。と、ぱしゃりというかすかな音を立ててそれは水になって流れてしまう。

「うわ！」僕は思わず声を上げた。夏美さんが興奮した口ぶりで続ける。

「ほら、前に取材した大学の先生が言ってたじゃん？　空は海よりもずっと深い未知の世界だって。人類が直接目にした部分なんてほんの一部でさ、たとえば積乱雲ひとつとっても、それは一つの『世界』と呼べるんだって。数キロの大きさの雲の中には湖くらいの量の水が含まれてて、その中には無数の微生物がいて。日光も水も有機物もたっぷりあって、誰にも邪魔されない広大な空間もある。光の届かない深海にも独自の生き物がいるくらいなんだから、空にだって人間がまだ知らない生態系があってもおかしくないって。空と生物を切り離して考えることが不自然なんだって！」

夏美さんはそう一気に喋り、僕はその記憶力と熱気に驚く。

「だからさ、空にはやっぱりなにかがいるんだよ！」

「それが、この魚……？」

「かも！　ねえ、すごくない!?」

「それって——」僕は思わず考え込む。そうだ、それって——。

「記事にすれば稼げるかも！　都市伝説特集の仕事は終わっちゃいましたけど、そのうちUMA特集とかで——」

「は？」夏美さんがこちんと覚めた声を出し、

「え？」と僕の言葉は止まる。

「なによそれ、稼げるって。最初に大事なのは面白いと思えるかどうかでしょ？」

「え」

「君、だんだん圭ちゃんに似てきたね」

「え？」

「つまんない大人になりそう」

「え！」

夏美さんはソファーから立ち上がり、長い髪をささっとゴムでひとまとめにする。

「せっかく見つけた晴れ女にも、その調子で接して嫌われないようにね。これからデートでしょ？」

「え、いやデートとかじゃなくて確認っていうか……謝罪っていうか提案っていうか……」

僕が口ごもっている間に、夏美さんは黒のスーツに袖《そで》を通し、珍しくぴしっとした社会人のような格好になっている。いつもは腕や脚を派手に出したラフな格好だから、まるで別人のように見える。

「え、夏美さんどうしたんですか？」

「私、就活行ってきまーす」

「え！」就活⁉「――って、この事務所は⁉」

「こーんなとこ腰掛けよっ」

意味深にそう言って、ひらひらと手を振りながら夏美さんは事務所から出ていってしまう。突然に取り残されたような気分になって、僕は夏美さんの消えたドアを呆然《ぼうぜん》と見つめる。いやきっと冗談だよな？　と僕は慌てて思う。

「ていうか、俺も行かなきゃ！」

小さな不安を塗りつぶすように口に出して、僕はソファーから立ち上がった。


ちょっと信じられないことに、彼女はスマホも携帯も持っていなかった。

だから、僕がもらったのは手書きの小さなメモだった。丁寧な筆跡で道順が書かれたメモを見ながら、僕は田端《たばた》駅で電車を降りた。指示通りにホームの端から階段を登ると、そこは自動改札機が三台だけ並んだ小さな無人の改札口だった。山手線の改札はどこもテニスコートのような広さでパーティみたいに混み合っていると思い込んでいた僕は、そのしんとした佇《たたず》まいに驚く。

改札を出て傘を開き、黒く湿ったアスファルトを歩き始めた。細い坂道がまっすぐに延びていて、五分ほど歩き続けてもすれ違ったのは年配の女性二人だけだった。右手には緑に茂った桜の木が並び、左手には眼下に広々と眺望が開けている。線路が何本も並び、その先には新幹線の高架があり、そのさらに奥には、雨に濡《ぬ》れた建物がどこまでも続いている。その灰色の風景がしかし、今日の僕にはどこかしら色づいて見えた。あの日、晴れ女を目の当たりにした時から──陽に輝く東京の本来の鮮やかさを目にした時から──目に映る景色全部の彩度がかすかに上がったような、ディスプレイの性能がいつの間にかバージョンアップしたような、そんな新しさが僕の目には宿ったような気がするのだった。

辿《たど》り着いたそのアパートは、蔦《つた》の絡まったいかにも昭和な建物だった。メモによると、陽菜さんの部屋は二階の一番奥だ。鉄の階段を登ると遠くに新幹線の高架が見えた。シャーッとちいさな音を立てて、緑の車体が滑るように走っている。

ドアの前に立ち、息を深く吸って、ノックをした。

「まてよ──」

しかし突如として、僕は重大な事実に気づく。

「これってもしかして——」

共用廊下の薄い天井に雨があたって、ぱらぱらと気の抜けた音を響かせている。

「俺、女子の部屋——初・訪問!?」

ガチャリ。突然にドアが開き、陽菜さんがぴょこんと顔を出した。

「いらっしゃい、帆高」

「え、わ、あ!」

「迷ったでしょ?」

「い、いやその、これっ、つまらないものですがっ!」

僕は慌てて両手でビニール袋を差し出す。

「わっ、お気遣いいただきまして!」

陽菜さんはにっこりとそれを受け取り、どうぞあがって、とドアを大きく開けてくれた。今まで目にした中でいちばん小さな玄関で、僕はぎこちなく靴を脱いだ。

その部屋の中は、色彩に溢《あふ》れていた。

玄関を入ってすぐ小さな台所があり、その奥には八畳ほどの居間があり、さらにその奥にもう一つ部屋がある。家族用のこぢんまりとした間取りだ。それぞれの部屋は色とりどりのキルトカーテンで仕切られていて、窓にもカラフルな布がかかっている。部屋のあちこちに小さな絵や動物の置物なんかが飾られている。居間には木製の丸窓があって、その上にはサンキャッチャーと言うのだろうか、数珠《じゅず》つなぎになった透明なガラス玉が吊《つる》されている。僕は居間のちゃぶ台の前に縮こまって座り込んでいる。

「帆高、お昼ご飯食べた？」

台所でなにやらばたばたと動いている陽菜さんにそう訊《き》かれ、

「まだですけど……」と答えた直後、もしかしてご馳走《ちそう》してくれようとしてる？　と思い至り「ああっ、でもお構いなく！」と叫んだ。陽菜さんはくすりと笑って、「いいから座ってて」と言う。

「帆高、これ使っていい？」

見ると、僕の買ってきたポテトチップスとチキンラーメンを両手に持っている。道中のコンビニでなにを買うべきか迷いに迷い、最後には「Ｙａｈｏｏ！知恵袋」にまで質問し、最初に届いた回答通りに買ってきたお土産である。あらためて考えてみるとポテチはともかくチキンラーメンは我ながら意味不明だ。

「え、もちろん、使えるなら！」

「ありがと！」

使うって、料理に?

しかしそう尋ねるのもなんだか恥ずかしくて、僕はとにかくも気持ちを落ちつかせるためにあらためて部屋を見回す。窓のサンキャッチャーが風に揺れ、雨空から集めたかすかな光を反射して薄い模様を散らしている。押し入れの襖《ふすま》は取り外され、まるで作り付けのような本棚になっている。並んでいるのは絵本や学習雑誌、ライトノベルやコミック、分厚いハードカバーまで多種多様だ。居間の隅には小さな電動ミシンが置いてあって、きっとこの部屋の飾りはほとんどが手作りなんだろうなと僕は思う。広くはない空間に物がたっぷりと溢れているのに、不思議と雑然とした印象がなかった。この部屋であることを部屋自体が喜んでいる、そんな楽しげな空気が漂っているような気がする。

「……陽菜さんって、一人暮らしですか?」

「弟とふたり。ちょっと事情があってさ」

「へえ……」

事情。なんとなくその先を訊けないまま、両親がいないのかなとちらりと思う。彼女は楽しそうな表情で、カイワレのような緑の葉をキッチンばさみでじょきじょきと摘《つ》まんでいる。家庭菜園ってやつかな、と僕は思う。なんでも自分でやるんだな。

台所を動き回る陽菜さんの姿を、僕はこっそりと目の端で追う。薄黄色のノースリーヴのパーカーに、水色のショートパンツ。いつものように長い髪を二つに結んで、肩にふわりと垂らしている。あらためて見ると、陽菜さんの体はびっくりするくらいほっそりしていた。夏美さんもいつもノースリーヴにショートパンツだけど、迫力がぜんぜん違う。

「帆高は？　どうして家出？」

「え……」ふいに訊かれて、僕は言葉に詰まった。「いや、なんだか……」慌てて理由を探す。言葉にしようとしてみる。しかし出てくるのは、馬鹿みたいに簡単な単語だけだ。

「──息苦しくて……地元も親も。東京にちょっと憧《あこが》れてたし……」

それは口にするとあまりにも子どもっぽく、僕は急に恥ずかしくなる。

「別に特別な理由なんてなかったんですけど」と、慌てて付け足す。

「──そっか」

肯定でも否定でもなく、微笑を浮かべながら陽菜さんは短く言う。卵を割り、慣れた手つきで黄身と白身を別々のお皿に落とし、素早くかき混ぜる。熱したフライパンにさっと油を引く。ごま油と生姜《しょうが》の香りがふわりと立ちのぼる。冷蔵庫から冷や飯を出し、フライパンに入れて炒《いた》め始める。ジャーッという美味《おい》しそうな音が部屋に満ちる。しゃもじを動かしながら、陽菜さんはまた僕に尋ねる。

「帰らなくて、いいの？」

「……帰りたくないんだ」他に言い様もなく、僕はただ今の気持ちを言う。

「――そっか」

陽菜さんはポテチの袋を開き、両手でぱりぱりと砕きながらフライパンに混ぜる。

「おっまたせしましたーっ！」

歌うようにそう言って、陽菜さんがお盆に載せた料理を運んでくる。

「うわあ……！」

僕は思わず声を上げた。ポテチの混ざった大盛りのチャーハンは、ご飯の真ん中につやつやの生卵が落としてあり、その周囲を小さな葉がぐるりと取り囲んでいる。大皿のサラダには、ざっくりと割ったチキンラーメンがごろごろと入っている。

「名付けて――ええと、ごま油香る豆苗《とうみょう》ポテチャーハン、あーんど、ばりばり食感チキンサラダですっ！」

「すっげえ……！」

あっという間に出来上がったオリジナルの料理に、僕は心から感動する。猛烈にお腹がすいてくる。突然パンッと手を叩《たた》いて、陽菜さんが立ち上がる。

「あ！　ねぎねぎ！」

台所から陽菜さんが持ってきたのは、ガラスのコップにわさわさと茂った青ネギだった。ハサミでちょきちょきと刻み、そのままスープに落としていく。ふわふわの白身の浮いた中華スープに、鮮やかな緑がみるみる加わっていく。

「――ね、東京に来て、どう？」

陽菜さんがまた、ふいに訊く。

「え？　ああ……」僕はまた、今の気持ちを言う。

「そういえば――もう息苦しくは、ない」

陽菜さんは僕を見て、にっこりと笑う。

「そ！　なーんか嬉《うれ》し。さっ、今度こそ食べよっ」

いただきます、と、僕たちは手と声を合わせた。スプーンで黄身を崩して、たっぷりのご飯と豆苗とポテチを一度に口に入れた。

人生で一番に美味しかったものがこのひと月の間に二度も更新されたこと、そしてその二回ともが同じ少女によって為《な》されたことに、僕は食べ終わってから気づいたのだった。

「帆高、これって本気なの？」

僕のノートを見ながら、陽菜さんが疑わしげに言う。ノートには大きく『お天気、お届けします』と書かれていて、その下にはデザイン案や申し込み方法や料金体系のメモ。僕が考えた「晴れ女ビジネス」WEBサイトの設計図だ。食事を終えたちゃぶ台には、事務所から持ってきたiPadと、鉛筆やら消しゴムやら付箋《ふせん》やらの文房具が散らばっている。iPadの画面には、アプリで制作したサイトのラフが表示されている。

「だって陽菜さん、本物の晴れ女なんですよね？」と、僕はもう一度念を押してみる。

「うん」

「空に祈るだけで晴れに出来るって」

「うん」なんでもないことのように彼女はうなずく。

「じゃあ——」

「でもさ！」彼女は僕の言葉を遮る。「これでもし晴れなかったら？」

「出来ないの？」僕は試すように訊いてみる。

「出来るよ！」

「じゃあやろうよ！　仕事が必要なんですよね？」

「まあそうだけどー……これでお金をとるっていうのがなー……」

ぶつぶつとコンビニのミニショートケーキをつつく陽菜さんを、僕は横目でちらりと見る。

「だいたいさあ……」とても年上には見えない幼い顔つき、細い首に華奢《きゃしゃ》な腕、薄い体と頼りない腰、夏美さんに比べるとずいぶんさっぱりとした脚。

「陽菜さんに水商売とか無理そうじゃん……」

「え？」陽菜さんがケーキをつつく手をふいに止める。

「ん？」

「帆高……」すすす、と陽菜さんが僕から遠ざかっていく。

「え？」

「あんたどこ見てんのよっ！」

「どこも見てねえよっ！」

つい反射的にそう返してしまう。遅れて汗がどっと噴き出る。

「むー……」と陽菜さんは、疑わしそうな目付きで僕を睨《にら》む。やばい。バレてる。女子には男子の視線が100%分かるというあの噂は真実だったのか。謝るべきか。

「すみません……」

と小声で言うと、陽菜さんは今度はころりと笑う。本気で怒ったのかからかっただけなのか、くるくる変わる陽菜さんの表情は僕にはパズルのように難しい。虹色《にじいろ》の嵐に吹かれているような気持ちになる。

「え、ねえ五千円は高くない？」

iPadを手に取った陽菜さんがふいに言う。

「え？　やっぱ？」僕はテキストを選択しながら、「三千円くらいにする？」と数字を入れなおす。

「んー、でも確かに生活を考えるとなあ……」

と呟《つぶや》きつつ、3500、と打つ陽菜さんに、僕は言う。

「いやでもあんまり安いと嘘っぽいと思うんだよなー……。思い切って富裕層向けサービスにするってのは？　一回五万とか！」

「ぜったいヤダよそんな仕事！」

ああだこうだ言いつつ、僕たちはサイト作りに熱中していく。

「ていうか成功報酬にした方がいいかな」

「そうね。オープンプライスでさ」

「初回無料で口コミを狙うとか？」

「それもありかなー、いやでもやっぱり生活を考えるとなー……」

「サイト、ちょっと地味かな。イラストとか欲しいかも」

「あ、私描くよ！」

「……え、なんすかこれ？……カバ？」

「……カエルですけど」

「……え？　まじ？」

気づけば外はもう暗い。窓からは、遠くを走る新幹線の灯《あか》りが見える。

「――できたーっ！」

僕たちは声を合わせ、思わず叫んだ。完成したWEBサイトには大きな太陽の絵に『お天気お届けします！』とカラフルな文字。黄色いレインコートを着たピンクのカエルが、吹き出しで「１００％の晴れ女です！」と言っている。その脇には税込み三千四百円と表示されたカートアイコンと、「ご希望日時」「晴れにしたい場所」「メールアドレス」「晴れにしたい理由」の入力フォーム。

僕はアプリの「公開」アイコンに指を近づけ、

「じゃあアップするよ、いい？」と尋ねる。

その時、アパートのドアが突然ガチャリと開いた。

「ただいまー。姉ちゃん、今日はイワシが安かったから……ん？　誰、あんた？」

僕を見て眉《まゆ》を寄せたのは、ランドセル姿でスーパーの袋を提げた、小学生の少年だった。

「え……ああっ、君って！」

思わず声を上げた。さらさらのショートボブと切れ長の瞳《ひとみ》、幼いのにやけに整った顔立ち。いつかバスで見かけた超モテ児童だ。

「え、なになに？　二人知り合い？」と陽菜さんが言う。

「前にバスで見かけて――」

「ふうん」陽菜さんは場を仕切るように僕たちの間に立ち、手振りを交えてぱっぱっとそれぞれを紹介する。

「帆高、この子、弟の凪。凪、このひと帆高。私のビジネスパートナー！」

「はあ？」凪、と呼ばれた少年がますます怪訝《けげん》そうな顔をしたところで、
チャリーンとｉＰａｄから音が響いた。画面を見て、僕は驚く。

「――やばい、マジで依頼が来た！」

「ええっ！　もうアップしちゃったの⁉」

「いやだって――うわ、明日《あした》だって！」

「えっ、ちょっと待って待って、私たちほんとにやるのっ⁉」

ちょうどテレビでは天気予報が流れていて、お天気お姉さんが爽《さわ》やかに宣言する。

『明日も、広い範囲で雨でしょう』

「明日雨じゃないーっ！」と陽菜さんが悲鳴を上げ、

「じゃないと意味ないじゃんっ！」と僕も叫ぶ。

「えーどうしよーなんか緊張してきたー。ねえねえどんな依頼？　子どものちょっとしたお願いとかだよね？」

「ええと――フリーマーケットを晴れにして欲しいって」

「ガチのやつじゃなーいっ！」

ばたばたと混乱していく僕たちを尻目《しりめ》に、凪はクールに冷蔵庫に食材をしまっている。どーしよどーしよどーしよと陽菜さんは泣き出しそうな顔で僕に言い、なんとかしなければ、と僕は必死に自分を奮い立たせる。

「陽菜さん大丈夫、俺も手伝うから！」

「どうやってよっ⁉」

「大丈夫、俺に任せて！」

よっし今夜は夜なべだ、と僕は決意する。

＊　＊　＊

翌朝も、当たり前に雨だった。

「陽菜さん、使ってくださいっ！」

アパートの共用廊下に出てきた陽菜さんに、僕は黄色い傘を差し出す。

「え、なに？」

「開いてみて！」

バサリと陽菜さんが傘を広げると、バラバラッとてるてる坊主が飛び出てくる。傘の八本の骨にそれぞれ二体ずつ、計十六体のてるてる坊主を吊《つる》した晴れ女専用傘だ。我ながら力作。

「――ごめん、いらない」カチン、と陽菜さんは傘を閉じる。

「ええっ!?」

ショック！　いやしかし！

「でもでもっ、もう一つとっておきがっ！」

僕はアパートの階段を指さす。

かつん、かつん、かつん、と足音が近づいてくる。

現れたのは身長百四十センチ、巨大てるてる坊主の着ぐるみだ。我ながら力作。

「──ごめん、いらない」

「ええっ⁉」

「フザけんなよ帆高！」

がばっとてるてる坊主の頭を外し、凪が真っ赤な顔で叫んだ。


フリーマーケットの会場はお台場《だいば》だった。

フジテレビとヒルトンホテルに挟まれた、ドラマのセットのようにゴージャスな遊歩道にフリーマーケットのテントが並んでいて、傘を差した買い物客がぽつりぽつりと行き交っている。僕たち三人は東京湾に突き出た展望台に立って、必死に空に祈っている。もちろん晴れを呼ぶのは陽菜さんの役割なのだけれど、せめてものサポートとして僕はてるてる傘をくるくると回し、凪は（律儀にも）巨大てるてる坊主姿で陽菜さんの周囲をぐるぐる走り回っている。晴れ女だと自称するＪＫと、十六体のてるてる坊主を吊した黄色い傘を振り回す男子高校生と、白い着ぐるみで踊るように駆け回る小学生男子。たぶん——相当に怪しげな儀式のように、僕たちの姿は見えている。

依頼主であるフリマ主催者のテントから、ひそひそと会話が聞こえてくる。「誰だよ、あんなの呼んだの？」

「いやー、ゲン担ぎになるかなーって……」

「君たちーっ！」と、年配のオジさんが大きな声をあげる。

「もうだいたいでいいからさー」

「あとちょっとですから！」

と僕は返しつつも、焦りと心配がますます強くなる。

「陽菜さん、水分補給するっ？」「姉ちゃん、飴《あめ》なめたらっ！」

わちゃわちゃと焦る僕たちをスルーして、陽菜さんは汗ばみながら、両手を組んで必死に祈っている。その時だった。

「うそ、晴れてきた！」

主催者のテントから声が聞こえた。僕は空を見上げた。

思わず、息が漏れた。

分厚い雲が二つに割れて、眩《まぶ》しい太陽が顔を出していた。さっきまで七月にしては肌寒いくらいだったのに、気温がぐんぐん上がっていく。灰色だった海が鮮やかな青になり、レインボーブリッジが白く輝き、そこを走る車の一台いちだいが嬉《うれ》しそうに光っていく。

「どうですかっ？」

主催者のテントに駆け寄った陽菜さんが、息を切らせながら誇らしげに訊《き》く。

「いやー驚いた！」「君たち凄《すご》いよ、まじで本物の晴れ女じゃん！」

遊歩道を歩く人々も傘を閉じ、久しぶりの晴れ間を味わうように空を見上げている。

責任者らしい年配のオジさんが「たいしたもんだねえ、偶然にしてもさあ！」

と大きな声を出し、

「偶然なんかじゃねえよ！」と抗議する巨大てるてる坊主を僕は笑って制する。

「はい、二万円でいいかな」と言いながら、オジさんが陽菜さんにお札を握らせる。

「えっ、多すぎます！」

「お嬢ちゃん、可愛いからおまけ！」

リーダーその発言セクハラっすよ確かにこの子かわいいけどさ。いやでも晴れと雨とじゃ実際売り上げも段違いだよね二万じゃ安いくらい。最初はヤバイ奴呼んじゃったと思ったけどさあ本当に凄いねこの子たち。このてるてる坊主かわいいね君の手作り？

皆が口々に僕たちを、陽菜さんを褒め称《たた》える。晴れ女を信じたのかそうじゃないのか、でも彼らは皆とても嬉しそうだ。


盛況のフリーマーケットを通り抜け、僕たちはゆりかもめの駅前で足を止めた。お互いの顔を見る。朝この場所に来た時の緊張はもう遠い過去の出来事のようで、今はお腹の底から湧きあがってくる喜びを僕たちは隠しきれない。

「やったー!!」

三人で飛び上がり、思わずハイタッチを交わす。全身で笑い合う。なんだろうと僕たちを見る通行人の顔も、久しぶりの晴れ間にほころんでいるように見える。

「すげえよ姉ちゃん！」「うん、私やれるかもっ！」「おっし、天気で稼ごう！」

「おー！」

三人でこぶしを突き上げる。

僕たちの「お天気ビジネス」の日々が、こうして始まったのだ。

第五章　天気と人と幸せと

依頼人Ａ　都内ＩＴ企業勤務・新郎・Ｔ夫（三十一）

さすがにね、最初に聞いた時は、僕も馬鹿らしい話だって思いましたよ。でもまあ、女の人ってそういうのわりと好きじゃないですか。占いとか開運グッズとか風水とかパワースポットとか。彼女、新居を選ぶ時も家相鑑定とかして欲しがるし、寝室には幸福の木を置いてあるし、熊手とか買っちゃうし神社があればいちいちお参りするし。でも僕もその程度ならあんま抵抗ないっていうか、むしろちょっと安心したりもするんですよね。

だからまあ、彼女の気が済むならそれでもいいかなって思って、申し込んだんです。価格もリーズナブルだったし、僕ってネットのクラウドファンディングとか投げ銭とかもわりと好きだし。体験そのものを買うっていうか、まあダメもとでいいかなって。

それに確かにね、奥さんになる人の、青空の下での白いウェディングドレス姿ってのは見てみたいじゃないですか。

依頼人B　都立S高校一年・天文部部員・A香（十五）

今年の夏って、もうずっと雨ですよね。テレビでもずっと異常だって言ってるし、温暖化とか気候変動とか気温の極端化とか、異常がついに通常になっちゃったっていうか。うちの両親も、春と秋がなくなった、昔の方がずっと四季が豊かだったとかってぐちぐち言ってるし。うん、きっと大変なことなんだと思います。

でもね、もっと大きな問題があるでしょう？

それは恋！　私と先輩の恋の行方！

私がなんのために天文部なんかに入ったかって、それはもちろん先輩がいたからで、そして今度のペルセウス座流星群の観測合宿が最後のチャンスなんです！　雨じゃ合宿は中止になっちゃうんです！

この前の七夕は結局雨で、織《お》り姫《ひめ》と彦星《ひこぼし》も出会えなかったでしょう？　悲しすぎます。星に願いをかけるために、なにとぞ晴れの夜をお願いします！

依頼人C　アルバイト・コスプレイヤー・K美（二十七）

もうとにかくブラックなの、うちの居酒屋。やりがい搾取っていうの？　非合理的でアンフェアで、職場での幸せと自己実現をリンクさせようとするのよね。

それからね、もう一個のバイト先もクソ客がとにかく苦痛。カスタマーサポートって、ただ話し相手が欲しいだけの寂しい人とか、誰でもいいから文句を言ったり説教をして偉ぶりたいってだけの人が電話かけてきたりするのよ。私たちって絶対口答えできないからさ。

でもね、そんなふうにバイトを掛け持ちするのも、コスプレが楽しいから。

ずっと一緒にやってる趣味友がいてね、それこそｍｉｘｉの時代から。私たちバイトでお金と時間を確保して、あとは趣味に全振りなの。材料から買って、手作りで衣装縫って。この夏の目標はコミケなの。

だから、やっぱり晴れて欲しいじゃない。

雨でもコスプレは出来るけど、でもさ、実際に天気で気分は変わるじゃん？　私なんて気分どころか体調まで変わるよ。頭痛も肌の調子も、ぜんぶ天気とつながってるもん。

夏コミは青空の下の会場でさ、笑顔で皆に囲まれたいじゃない。

依頼人D　個人商店経営・競馬ファン・K太郎（五十二）

まあもちろん俺のは趣味なんだけどさ。でも俺の回収率は九十七％、平均が七十五％くらいだから、これでもかなり競馬上手なんだぜ。まあ奥さんに怒られない程度にやれてるよ。

競馬ってのは、複雑な推理ゲームなんだ。宝くじとかと違って運頼みじゃなくてな、馬の血統やその日の体調、騎手との相性、レースのバランス、過去のデータをどう読んで、なにを軸にしてどう買うか。べらぼうに難しくて、でも勝つ方法ってのも確実に存在する。予想の精度が増せば、それだけ勝てるようになっていく。数字と実態が絡み合ってる世界さ。

でさ、俺のひいきの馬は、雨に弱いんだよね。

依頼人E　港区立幼稚園児・N菜（四）

うんどうかいの日に、おそとでかけっこがしたいです。

口コミA

当日やって来たのは子ども三人で、そのうち一人はまだ十歳くらいの小学生で。驚きましたよ、君たち労働基準法って知ってる？　って訊《き》きそうになりました。でも女の子のほうは大学生だそうで、受け答えもずいぶんしっかりしてて。高校生の少年も小学生の子も、皆礼儀正しくて。なんだか気持ちの良い子たちだったな。

――うん、晴れました。見事でした。表参道《おもてさんどう》の屋上ブライダルだったんですけど、ヒルズあたりでは普通に雨が降ってるのが見えましたね。そう、僕たちのいる周囲だけが晴れたんです。全部が晴れちゃうより、かえって美しい眺めでした。雨のカーテンの内側だけが、陽射しにきらきら輝いて。雨が止んでいたのはたぶん一時間くらいでしたけどね、でも素晴らしい体験でした。

なんていうか、青空の下だと同じ笑顔でも輝きが違うんだな。ドレス姿の彼女を見て、僕はこれからこんなに綺麗《きれい》な人と人生を共にしていくんだなって、じーんとしちゃいました。

三千四百円じゃ安すぎるって言って、彼女は確か五千円払ってました。嬉《うれ》しくて、てるてる坊主の子と三人で記念撮影しましたよ。

口コミB

合宿の日の夜、学校の屋上で流星群を見ながら、「もし星が見えない世界だったらさ」って先輩が言うんです。

「もし他の星が存在することを人類が知らなかったら、ニュートン物理学も相対性理論も量子力学も、きっと発見されないままだったよ。人間はずっと自分たちが世界の中心だと思い込んだまま、ずっと傲慢《ごうまん》で無知なままだったと思う。そして――」

「そして……？」私は先輩の目を見ました。漫画のメインキャラみたいに、眼鏡の奥の瞳《ひとみ》がきらきらしていました。

「そして、自分たちがこれほど孤独な存在であることにも気づかなかったんじゃないかな」

ぎゃー素敵ーって、私叫びそうになりましたよ！　先輩、感性やばくないですか？

晴れ女、これで三千四百円は安すぎます、おすすめです！

口コミC

陽が射して、ビッグサイトのあの変形ロボットみたいな三角屋根がぴかーっと光って。もうね、久しぶりにめちゃくちゃ暑かった。汗をかかない方法とかググってきたけど、ぜんぜん役に立たなくって。でもめちゃくちゃ楽しかった。友だちと二人で初代のコスプレしたの。うん、プリキュアの。白と黒の。皆のカメラのレンズがきらきら光って、特別なステージに立ってるみたいだった。

実感したのは、太陽ってまさにエネルギー源なんだなってこと。体中で光合成してるみたいに力と元気が湧いてきて。規定の料金じゃなんだかぜんぜん足りない気がしたから、朝から並んで買ったレア本も一緒にあげました。晴れ女のあの子と、いつか一緒にコスプレしたいな。華奢《きゃしゃ》でちょっと気が強そうな大きな瞳で肌なんかまっ白で、きっとなにを着ても似合うと思うのよね。

口コミD

朝から雨だったから当然あいつは穴馬扱いでさ。でも晴れ女が来てくれて、レース直前に競馬場の空に太陽が顔を出して――あいつが勝ったんだ！　一着だぜ！　あんなに興奮したのは何年ぶりかな。人生初の十万馬券だぜ。馬券ってのは六十日以内だったらいつでも換金できるからさ、その馬券、まだ換金しないで神棚に飾ってあるよ。

俺ね、今回のことでちょっと思ったことがあるんだ。確率とか統計とかについてさ。

こんな話知ってるか？　人間の感情が乱数発生器に影響を与えるって話。乱数発生器っていうのは、量子論に基づいて0と1をランダムに出力する機械でさ、どんな時も確率は1／2なわけだ。それがさ、大災害とか大イベントとか、大勢の人間の感情が大きく乱れるようなことがあると、その瞬間だけ確率がガラッと変わっちまうそうなんだ。実際にそういう現象が世界中で何度も確認されていてさ。

それで思ったんだな。人間の願いとか祈りとかってのは、現実に世界を変える力があるんじゃないか。俺たちの脳みそは頭蓋骨《ずがいこつ》の中で完結してるわけじゃなくて、なんらかの形で世界全体と繋《つな》がってるんじゃないか。スマホとクラウドが見えないのに繋がってるみたいにさ。例えばあいつが一着でゴールした時のあの興奮がさ、俺の頭ん中だけで収まってたなんてどうしても思えないんだよね。

だからまあ——俺はさ、あの女の子の能力は、いろんな人の想いを受け取って世界に届けるっていう、なんかそういうもんなんじゃないかって思うんだよね。

もちろん、あの子への礼がたった三千四百円っててんじゃバチが当たるよ。子どもにあんまり大金握らせるわけにはいかないけど、それなりに払ったさ。え？　いやあ、額はちょっと言えないね。

口コミE
おそとでかけっこができてたのしかったです。
はれおんなさんはお金はいらないよっていったけど、五十えんをはらいました。

＊　＊　＊

朝七時に、僕は目を覚ました。

前夜に須賀さんたちが飲み散らかした空き缶やつまみを片付けて、ざっとトイレの掃除をする。特売で買った鮭《しゃけ》の切り身をグリルで焼く間、玉ねぎをさっと刻み、作り置きのだし汁で煮る。家庭菜園で育てた青ネギを鍋《なべ》に入れ、豆腐を入れ味噌《みそ》を入れ、煮立つまでの間にオクラを刻んで納豆と混ぜる。

まるで地球の自転が休止して季節がぴったりと歩みを止めたかのように、今日も昨日と同じようにじめじめと雨が降っていた。僕はそんな窓の外を眺めながら、一人で朝食を食べた。それから午前中いっぱいかけて、領収書と請求書の整理をし、事務所が関わった雑誌記事を切り抜いてファイリングした。

正午を過ぎたあたりで、僕は須賀さんのための朝食をテーブルに並べた。そろそろ起きてくる時間なのだ。「鍋におみそ汁あります」とメモを残し、「行ってきまーす」と須賀さんの部屋に声をかけ、僕は事務所を出た。


凪と二人で、国立競技場駅《こくりつきょうぎじょうえき》で電車を降りた。

駅の構内も外に出てからも、ものすごい人混みだった。浴衣《ゆかた》姿が目立つ。東京体育館の脇の道を、皆は傘を手に神宮外苑《じんぐうがいえん》に向かってゆっくりと歩いて行く。

「私実際に見るの初めて！　超楽しみ！」「でもこの調子じゃ雨で延期じゃない？」「発表は昼過ぎだって」「もう過ぎてるじゃん」「せっかく着替えて出てきたのにねえ」「いや諦《あきら》めるのはまだ早いって！」

口々に言い合っている。あちこちに赤い誘導灯を持った警官が立っていて、ＤＪポリスの交通整理の声が風に乗って聞こえてくる。警察車両の電光掲示板には「テロ警戒中」という文字が流れている。

そのうちに白い巨大なドーム型の建物が見えてきて、うわ、オリンピック会場！と僕は思わず声を上げた。帆高って典型的なオノボリだよね、と凪にからかわれる。

「じゃあ俺、カノジョと待ち合わせてるから。姉ちゃんにがんばれって伝えて」

凪と別れ、僕は六本木ヒルズに向かった。

「100%の晴れ女がすごいらしいって、ネットで見ましてね。口コミの評判も素晴らしいじゃないですか」

首から社員証と入館許可証を下げたパリッとしたスーツ姿の男性が、楽しそうな口調でそう言う。

「でも、こんな大きなイベントで晴れ女頼みだなんて……」

僕はさっき見てきた会場の様子を思い起こし、そのあまりの規模に不安になっている。僕たちはエレベーターの中だ。木張りの内装に磨き上げられた金属面の天井と床、なんだか宮殿とかに設置されていそうなぴかぴかのエレベーター。四十六、四十七、四十八と、階数表示が滑らかに移りかわっていく。スーツ姿の依頼人は、僕のような子ども相手にも丁寧な言葉遣いを崩さない。

「いえいえ、我々がイベントの成否を晴れ女に依存しているというわけではありませんから。あなたたちがプレッシャーを感じる必要はまったくないんです」

そう言って男性は柔らかく微笑む。

「雨の問題自体は私たちにとっては毎年のことなんです。実際、雨天延期のアナウンスを出すことも珍しくありませんし、それはそれで仕方がないんです。ただ、今年はさすがにねえ」

男性は苦笑し、やれやれ、というふうに首を回す。

「延期するにしても、月末までずっと雨予報ですからね。もうおまじないでも神頼みでもいいから、試してみたくなるじゃないですか」

どこかうきうきとした表情でそう言う。やっぱり皆同じなんだな――と、僕はその言葉を聞いてあらためて思う。

雨ばかりが続く今年の東京では、たくさんの人たちがそれぞれの理由で晴れを求めていた。だから僕たちの「お天気ビジネス」は想像を超えて評判となり、１００％の晴れ女は、ネットではちょっとした伝説となりつつあった。陽菜さんが呼べるのは限られた範囲の短い晴れ間だけだったけれど、それがかえって彼女の神秘性を高めているようだった。ちょっと特別なお守りとか良く効くてるてる坊主のようなものとして、人々は晴れ女を意外なほど自然に受け入れていた。それが僕にはなんだか不思議だった。

エレベーター内にポーンと柔らかな到着音が響き、ふわりとした減速を感じる。僕はふいに緊張し、前に立っている浴衣姿の背中を見る。ほっそりした体を、鮮やかなひまわり柄が美しく包んでいる。アップにまとめた髪が、白くて華奢《きゃしゃ》なうなじを引き立たせている。視線に気づいたのか、陽菜さんはふいに振り向き、僕を安心させるようににこりと笑う。

雨と風が吹きつける六本木ヒルズの屋上スカイデッキは、どこか船の甲板を思わせた。

だだっ広いヘリポートを中心にマストのようなアンテナが何台も配置されていて、そのいくつかの先端では、神聖な松明《たいまつ》のように赤い光がゆったりと明滅している。眼下の地上は薄いもやに覆われていて、そこから突き出たビル群はまるで海面から伸びた古代の柱のようだ。まだ夜が訪れる前なのに、街のあちこちに光が灯《とも》っている。

陽菜さんはその広大な屋上を、まっすぐ西に——夕陽があるべき方向に歩いて行く。負け知らずのアスリートのようなその足どりを、僕たちは屋上出口に留《とど》まって見つめている。やがて西の端に辿《たど》りついた陽菜さんは、いつものように手を組んで目をつむる。彼女はそうやって、僕たちの——皆の願いを、空に届けるのだ。

＊　＊　＊

息を深く吸い、真新しい空気を肺に満たして、私はゆっくりと両手を組む。目をつむる。雨と風は私の肌にぶつかり、髪を揺らす。世界と私とは隔てられていることを、肌がはっきりと教えてくれる。

私は頭の中で、ゆっくりと数字を数えはじめる。いち、にい、さん、し。すると、考えている場所——脳のありかがくっきりと際立つ。その数字たちを、私は全身に散らしていく。真っ赤な熱い血液にまぜて、数字が頭から体中に流れていく様子をイメージする。思考と感情がまざっていく。私は爪先《つまさき》で考えることが出来るようになる。私は頭で感じることが出来るようになる。

しだいに、不思議な一体感が全身に満ちてくる。私の境界が世界に溶け出していく。自分は風であり水であり、雨は思考であり心である。私は祈りであり木霊《こだま》であり、私は私を囲む空気である。奇妙な幸せと切なさが全身に広がっていく。

そしてゆっくりと、私には声が届きはじめる。ことばになる以前の、空気の震えのようなもの。それはたぶん、にんげんの願いだ。それは熱を持っている。それはリズムを持っている。それは意味を帯びている。それは世界の形を変える、力を持っている。

＊　＊　＊

陽菜さんの向こう側の空が、オレンジ色に光っていく。彼女の髪と浴衣が、金色に縁取られていく。

雲が割れ、夕陽が顔を出したのだ。

おお――と、スーツ姿の大人たちが声を上げた。僕も目をみはる。何度見ても、とても神聖な物を目撃しているような気持ちになる。思いがけず神さまと眼が合ってしまったような気分になる。すこしだけ全身が震える。夕陽は僕たちも赤く染めていく。燃え尽きる前のろうそくのように東京中のビルが強く輝き、やがてゆっくりと、夕陽は遠い稜線《りょうせん》に沈んでいく。

空にはいつの間にか報道のヘリコプターが行き交っている。外苑からのアナウンスが風に乗って聞こえてくる。

『神宮外苑花火大会は、予定通り、十九時から開催いたします――』

そして、盛大に花火が打ち上がる。

それは雲の多い空を、快晴の空よりもずっと眩《まぶ》しく輝かせる。花火が瞬き、煙がカラフルに浮き上がり、何千枚もの窓ガラスがきらきらと輝く。人々の歓声が、風に乗って耳に届く。

僕たちは特別に、そのまま六本木ヒルズの屋上に座って花火を眺めさせてもらっている。雨で洗われた空気はすこしだけ涼しくて懐かしくて、僕はふと、ずっと前にこの場所で火薬の匂いをかいだことがあるという、強いデジャヴを感じる。あるいはずっと未来に、陽菜さんの隣でふたたび同じ匂いをかぐことがあるのかもしれない。そうであってほしいと、自分でもたじろぐくらいの強さで、気づけば僕は願っている。

「――私、好きだな」

「えっ⁉」

僕は思わず隣を見る。陽菜さんの瞳《ひとみ》は僕ではなく、まっすぐ花火に注がれている。

「この仕事。晴れ女の仕事。私ね、自分の役割みたいなものが、やっと分かった――

――」

くるりと、陽菜さんは僕の目を覗《のぞ》き込む。

「――ような気が、しなくも、なくもなくも、なくもなくもなくもない」

「えっ⁉」

突然の早口に、僕は思わず指を折って数える。

「なくも……なくもなくも……え、どっち!?」

陽菜さんは心底楽しそうにころりと笑う。

「君、真面目だねえ」

またからかわれた。

「だから、ありがとう、帆高」

――ドン！　と、頭上で音がして、陽菜さんはふたたび空を見る。ひときわ大きな光の花が、瞬きながら散っている。

「……きれい」

と彼女の横顔が言い、僕はそこから目が離せなくなる。

天気ってなんて不思議なのだろうと、僕は思う。ただの空模様に、人間はこんなにも気持ちを動かされてしまう。

陽菜さんに、心を、動かされてしまう。

第六章　空の彼岸

『ああ、あの企画？　確かにお預かりしてましたね』

いかにも人ごとな口調で、編集者が言う。サカモトさんちょっと、と呼ぶ声がして、

『あ、すみませんちょっと待ってもらえます？』

と、坂本が受話器を置く音がゴトリと耳を刺す。

こりゃまたダメだなと、忙しそうな編集部の喧騒《けんそう》を片耳で聴きつつ俺は思う。いっそこのまま電話を切っちまうかと思いつつも、さすがにそうもいかない。しんとした事務所には俺しかおらず、雨の音とストリーミングのラジオが遠慮がちに流れている。

『昨夜の神宮外苑花火大会、都心部は奇跡的な晴れ間に恵まれました。しかしその反動のように今日は再びの強い雨。都心の現在の気温は、平年を大きく下回る二十一度。八月とは思えない肌寒さです。記録的な長雨と冷夏に、農作物の値段も高騰していま す。レタス一キロの値段は去年の三倍近く――』

クローズボタンをクリックしてラジオを切ったところで、坂本がようやく電話口に

戻ってくる。

『須賀さん、お待たせしました。ええと、お預かりしていた企画の話ですよね？　うーん、申し訳ないんですけど、会議の結果ウチでは誌面を取れないということになりまして……』

俺は赤いボールペンで企画タイトルにバツを付ける。「噂の晴れ女を追う！　異常気象はガイアの意志だ」は没だ。他にも「歌舞伎町に眠る弁天と龍神《りゅうじん》の黄金伝説」「裏世界へのエレベーターを探せ」「東京タワーは霊界への電波塔だった！」等々にもバツ印。数社に企画をプレゼンして、今週通ったのは「四十代記者が体当たり取材！　精力剤総力レポート」だけだ。

「そうですか……いえ、はい、次回こそがんばりますんで、よろしくお願いします」

気分とは反対にそっと受話器を置いた直後、自動的に舌打ちが出た。乱暴に引き出しを開けて、奥をあさってタバコの箱を見つける。一本抜き、口にくわえたところでチリンと鈴が鳴った。

にゃー。

デスクの上にアメが乗ってきたのだ。帆高が勝手に拾ってきて事務所で飼うことになった仔猫《こねこ》で、首に小さな鈴をさげている。すんすんとタバコの先の臭いをかぎ、もう一度「にゃー」と鳴く。ガラス玉のような瞳で、じっと俺を見る。

「……なんだよ」

なんだか責められているような気分になってくる。俺はため息をついて、火を付ける前のタバコをくしゃりと二つ折りにしてゴミ箱に捨てた。実のところ俺は何度目かの禁煙トライ中だったのだ。その理由を思い出し、俺はその勢いでもう一度受話器を持ち上げる。思い切って間宮《まみや》さんの電話番号をプッシュする。何度目かのコールで、

『はい、間宮でございます』

という硬い声が応じた。その声を聴くだけで、なんだかあの上品な老婆に責められているような気分に、またもや俺はなってくる。丸まった背中を思い切って伸ばし、気合いを入れて一気に言う。

「間宮さん、圭介です。せかすみたいですみません。この前お願いした面談の件ですが――」

『またその話?』感情を隠さずに間宮さんは言う。『お断りしたはずでしょう? 雨の日に外出なんてさせられないわ』

「間宮さん、僕にだって彼女に会う権利が――」

『だから、こんな天気にあの子を外出させて、喘息《ぜんそく》が酷《ひど》くなったらどうするの? 次

の週末だってどうせ雨でしょう？』

俺はため息を寸前で飲み込む。この人とはいつだってこうなのだ。

「じゃあもし晴れたら！」

『え？』

「週末もし晴れたら、会わせてもらえますか？」

俺はアメを見ながら、前々から考えていたことを口にした。馬鹿なことを言っていると自分で思う。

『……この長雨は当分止まないそうよ』

「ですからもし、まんがいち晴れたらでいいんです。マンションの下まで車で迎えに行きますから」

『……そうなったらその時考えます』

そう言って、間宮さんは電話を切った。

「圭ちゃん、遅いー！　大事な取材なんだからさーっ！」

ホンダの軽に乗り込むと、待ちかねていた夏美が言う。これから夏美の取ってきた取材先に向かうのだ。こいつの仕事は俺のアシスタントだが、そもそもが人間好きの性格らしく俺などよりもよほど熱心に取材仕事に向き合っている。俺はと言えば返事をする気にもならず、黙って助手席に腰を下ろし、ダッシュボードにどっかりと足を乗せた。

「あーら不機嫌。仕事のプレゼン、ダメだったのかにゃ？」

図星だ。返事の代わりに、不機嫌に俺は訊《き》く。

「帆高は？」

ワイパーが忙しそうにフロントガラスの雨を拭《ぬぐ》っている。

「他のバイトで来られないだあ？」

俺はスマホの位置情報共有アプリを開く。水色のGPSアイコンが現在位置を示している。俺たちは新目白《しんめじろ》通りを西に向かって移動中だ。帆高の現在地は隅田《すみだ》川よりも東——曳舟《ひきふね》のあたりだ。下町だ。こんなところでバイト？

「あいつ最近、仕事サボり気味だよな」

「別にいいんじゃん？　弊社最近ヒマだし」

ハンドルを握った夏美がさらりと傷つくことを言う。そう、我がK&Aプランニングの仕事はこのところ確かに減っている。おまけに夏美は今頃になってようやく就職活動を始めたらしく、今日も折り目正しいワイシャツにタイトスカート姿だ。こいつは見た目も華やかだし場の空気を明るく変える力も持っているし、本気で就活に臨むならばすぐに結果が出るだろうと俺は思う。しかしそれにしても、勝手にやって来て勝手に去られるのはなんだか腹立たしい。

「勝手に猫なんて拾ってくるしさ。居候が図々《ずうずう》しいぜ」

夏美への入り組んだ不満を、俺は帆高の行動にぶつけて言う。そもそも夏美に「いい加減まともな会社に就職しろ」と繰り返し言ってきたのも俺自身なのだ。当の夏美は涼しい顔で応じる。

「圭ちゃんと一緒じゃん」

「あ？」

「放っておけなかったんでしょ、自分と似てて」

「……どういう意味だよ」

ハンドルを握り前を見たまま、「だからさ」と夏美は言う。

「帆高くんはたぶん、野良猫のアメちゃんの境遇を自分と重ねちゃったわけでしょ。それって圭ちゃんが帆高くんを拾った理由と同じじゃん」

どう反論していいのか分からず、俺は言葉を飲み込んで不機嫌に景色を眺める。灰色に湿った街が後ろに流れていく。

「ところでさ、いくら払ってあげてるの？　帆高くんの月給」

ふいに訊かれ、俺は無言で三本の指を立てた。夏美が驚いた声を上げる。

「え、たった三万⁉　やっす！」

え？

「いや……」これは言っていいのかと思いつつ、俺はもごもごと口に出す。

「三千……」

「え⁉」夏美の顔がみるみる引きつっていく。

「はあああーっ？　ちょっとマジ？　月給三千円⁉　やっす！　超ブラック！　訴えられるわよ労働基準監督署に今どきの若者はすぐ訴えるんだからっていうか私が密告しようかなあああああっ！」

車のスピードが上がり、夏美はびゅんびゅんと先行車を追い抜く。俺は冷や汗をかきながら言い訳を並べる。

「いやでも飯代渡してるし、家賃はタダだし、携帯代は会社払いだし、猫も受け入れてやってるし……別にいいだろ？」

「うっわ」

心底引くわーという顔で、夏美が俺を睨《にら》む。

「そりゃ他でバイトするわ……」

＊　＊　＊

軒の低い日本家屋の密集した向こう側に、びっくりするくらい大きくスカイツリーが見えている。その後ろの雲が薄くなって、太陽が顔を見せている。

「おや驚いたね。ほんとに晴れてきたよ」

依頼主の立花冨美《たちばなふみ》さんが、軒先越しの空を見上げて感心したように言う。

「あんたたち凄《すご》いじゃない。辞めちゃうなんてもったいないね」

冨美さんは僕のお祖母《ばあ》ちゃんくらいの年齢で、いかにも下町風にしゃきしゃきと喋《しゃべ》る。僕は冨美さんと並んで縁側に座っている。小さな庭では陽菜さんが晴れを祈っていて、凪がてるてる坊主傘をさしかけている。僕は二人の背中を見ながら答える。

「この前の花火大会でテレビに映っちゃって、それから依頼が殺到しちゃったんです」

花火大会を報じたテレビのニュースで、「ネットで噂の晴れ女!?」として陽菜さんの姿が放送されてしまったのだ。浴衣《ゆかた》姿の少女がビルの屋上で祈っているだけの短い空撮映像だったのだけれど、その効果は絶大だった。晴れ女のWEBサイトには依頼が殺到しサーバから一時的に強制シャットダウンされてしまい、シャットダウン前に届いた膨大な依頼もほとんどが冷やかしやからかいの内容だったのだ。

「とても受けきれないですし、その前までに予約いただいていた今日の立花さんと、次の週末のもう一件だけ終えたら、しばらく休業することにしたんです。彼女もちょっと、疲れているみたいですし……」

そうなのだ。陽菜さんは変わらずに元気なのだけれど、ほんのすこしだけ表情に陰が出来たように、このところ僕には見えるのだ。

「あれ、お客さんが来てるの？」

声がして、振り向くと仏間から男の人が歩いてくる。

「おやタキ、来たのかい」

冨美さんの表情がふわりと柔らかくなる。タキと呼ばれたその青年はすこし明るい髪色をした、優しそうな男性だった。孫なのかな、と僕は思う。

「今日、迎え盆をやるんだろ？　手伝おうと思ってさ。それにしてもずいぶん若いお客さんだね。君たち、祖母ちゃんの友だち？」

落ちついた声でそう訊かれ、僕たち三人は「こんにちは」と声を揃える。

「旦那《だんな》の初盆くらいは、晴れにしてやりたいと思ってね」

「え？……ああ、そういえば雨が止んだね。祖父《じい》ちゃん晴れ男だったからなあ」

とタキさんは笑いながら、サンダルを履いて庭に降りる。マッチを擦っておがらに火を付けるその後ろ姿を、僕と冨美さんは縁側から見つめる。

「雨だとたぶん、あの人も帰って来づらいと思ってさ」

「帰ってくる？」

庭から戻って来て、いつのまにか冨美さんの肩を叩いていた凪が訊く。この男の子は、いつもすとんと依頼主と仲良くなっている。

「お盆はね」冨美さんは気持ちよさそうに目を細めている。「死んだ人が空から帰ってくる日なんだよ」

「初盆って、亡くなってから最初のお盆ってことですよね？」と青年の隣に立った陽菜さんが訊いている。

「そうだよ」

「じゃあ、うちのお母さんも初盆なんだ……」

やっぱり――僕は今さらにそれを知る。おがらがパチパチと音を立てて燃え始め、白い煙がすっと立ち昇る。冨美さんが陽菜さんに尋ねる。

「おや、あんたのお母さんも、去年亡くなったのかい？」

「はい」陽菜さんと凪がうなずく。

「じゃあさ、」冨美さんは優しく言う。「あんたたちも、一緒に迎え火をまたいでいきなよ。きっとお母さんに守ってもらえるから」

「はい！」

迎え火の煙は、雲の隙間にぽっかりと空いた青空に吸い込まれるように昇っていく。

「あの煙に乗って、あの人は向こう岸から帰ってくるんだよ」

独り言を噛《か》みしめるように冨美さんが言い、僕は思わず訊《き》いてしまう。

「向こう岸？」

「お彼岸。空の上は昔から別の世界さ」

陽菜さんは手をかざしてじっと空を見つめている。晴れ女の目に映る空はどんな姿なんだろうと、ふと僕は思う。

＊　＊　＊

風に乗った龍《りゅう》が空を悠然と飛んでいる。

雲からは巨大な鯨が顔を出している。その周囲をまるで潮流に乗った魚のように、小さな空の魚たちが無数に舞っている。

「天気の巫女《みこ》、が視《み》た景色だそうでなあ」

これ以上ないというくらいにしゃがれた声が言う。この神社の神主だ。夏美が録画モードにしたスマホを構えながら、感嘆の声を漏らす。

「不思議な絵ですねー。魚が空を飛んでる！　龍もいる！　あれは富士山《ふじさん》ですよね、その上にも龍がいる。空が生き物だらけですねー」

「たいしたもんすねえ」

と俺も声に出す。確かに、ここの神社の天井画はよくある雲龍図なんかとはずいぶん違う。龍の天井画でありながら、モチーフが龍ではないように見えるのだ。円の周囲にはぐるりと山脈が描かれていて、沸きたつ雲や魚たちも含めて一つの世界観を描いたように見える。タッチは水墨画よりはもっとずっと繊細で、大和絵《やまとえ》に近い。日本でも珍しい気象を祀《まつ》る神社だそうだが、こんな取材先を見つけてきた夏美にも俺はすこし感心してしまう。

「そうじゃろうそうじゃろう」と神主も嬉《うれ》しそうな声を出す。神主の隣には部活帰りのような体操着姿のガキが一人立っていて、こちらには無関心にスマホゲームをやっている。お守り役の孫かなにかなのだろうか。

「天気の巫女ってのは、アレすか？　祈禱師《きとうし》みたいなもんですかね？」

神主に訊いたつもりなのだが、返事がない——と思ったら、

「ああ⁉　なにー？」

と怒鳴り声のような大声が返ってきた。声に負けないくらい見た目もしゃがれている神主だが、耳も遠いようだ。いったい幾つなんだよとふと思う。

「祈禱師みたいなものですかーっ？」

夏美が大声で伝えてくれる。ワンテンポ遅れて、神主はうんうんとうなずく。

「あー、天気を治療するのが、巫女の役割だからのぉ」と神主は言い、

「うさんくさ……」と思わず俺は呟《つぶや》く。オカルト誌の記事にはふさわしいが、「噂の晴れ女を追う！　異常気象はガイアの意志だ」の企画は既に没になっているのだ。俺はまだそれを夏美に言えていない。夏美は興味津々の様子で神主に質問をする。

「治療って、今年みたいな異常気象をですか？」

「……ああ？　なーにが異常気象じゃっ！」

突然の大声にたじろぐ俺たちに構わず、神主は勝手にヒートアップしていく。

「だいたい観測史上初とか、世間はすぐそんなことを言う。オロオロとみっともない限りだ。観測だと？　史上初だと？　そりゃいったいいつからの観測だ？　せいぜい百年、この絵はいつ描かれたと思う？　八百年前だ！」

「はっぴゃく⁉」

夏美が声を上げる。俺も思わず目をみはる。本当だとしたら鎌倉《かまくら》時代だ。雲龍図としてはもしかしたら日本最古なのではないか。神主はといえば、げほげほと派手に咳《せ》き込んでいる。「ちょっと祖父ちゃん興奮しないで」と孫が背中をさすっている。

「そもそも天気とは天の気分」と、ようやく咳《せき》がおさまった神主が語り出す。

「天の気分は人の都合などには構わず、正常も異常も計れるものではない。そして我ら人間は、湿って蠢《うごめ》く天と地の間で振り落とされぬようしがみつき、ただ仮住まいをさせていただいているだけの身。昔は皆それをよーく知っておった」

地の底から響いてくるような神主の声を聴きながら、俺は昔どこかで見た行基《ぎょうき》式日本図を思い出す。まだこの島国が計測される前に、一人の僧侶《そうりょ》が描いたといわれる古代の日本地図。言われなければ本州とはとても分からない溶けた石のような島の周りを、龍蛇のように見える巨大な一体がぐるりと取り囲んでいた。俺たちは龍の背に乗っている——そんなイメージが不思議に腑《ふ》に落ちてくる。神主の言葉は、雨の音に囲まれた本殿に朗々と響く。

「それでも、天と人とを結ぶ細ぉーい糸がある。それが天気の巫女だ。人の切なる願いを受け止め、空に届けることのできる特別な人間。昔はどの村にもどの国にも、そういう存在がおったのだ」

その言葉を聞き、夏美がわくわくとした目で俺を見る。

「圭ちゃん、それが晴れ女じゃない!?」

確かに与太話としては筋は悪くない。それっぽい伝統と今っぽい問題意識が同居している記事は、編集者にも読者にも受けがいい。そんなことを考えていると、

「ていうかさあ」と付き添いのガキが声を上げた。

「オジさんたち、うちの祖父ちゃんの話なんかでいいのー？　もうだいぶ歳だし、ちょっと怪しいと思うけどぉ！」

「とんでもない、貴重なお話で助かります！」と夏美が言ったのと、神主がゲンコツでガキの頭をどついたのはほぼ同時だ。意外にかくしゃくとしてんだなと、俺はちょっとホッとする。

「ただのぉ、やはり物事には代償がある」

ふいに悲しげに響いたその言葉に、皆があらためて神主の顔を見る。

「天気の巫女には、悲しい運命があってな――」

＊　＊　＊

「いち、に、さん！」

小さな迎え火を、凪と陽菜さんがぴょんぴょんと飛び越える。

「次、お婆ちゃんね！」と凪が言い、「私はいいよ」と苦笑する冨美さんの手を、陽菜さんが「一緒にやろうよ」と引いている。

「祖母《ばあ》ちゃんと仲良くしてくれて、ありがとね」

スイカを山盛りにしたお皿を縁側に置き、タキさんが僕の隣に座る。

「いいえ、今日は僕たちバイトっていうか……」

僕はなんだか恐縮して言う。庭の笑い声に目を向けると、結局三人で迎え火を飛び越えている。

「楽しそうだ」とタキさんは目を細め、「君たち、いくつなの？」と僕に訊く。

「ええと、凪は十歳で、僕は十六です。彼女は――あ！」

ふと、僕は以前の陽菜さんの言葉を思い出す。

「たしか、もうすぐ十八になるって」

陽菜さんの部屋のカレンダーにも、凪の字で八月二十二日に誕生日と書いてあったのだ。

「誕生日！　それはプレゼントあげなきゃだね」

タキさんが楽しそうにそう言い、僕はどきりとする。女子に誕生日プレゼント⁉　自分の能力のキャパをだいぶ超えている気がするけれど、でも確かに、陽菜さんが喜んでくれたらとても素敵だと思う。どうしたらいいんだろう――僕は思わず考え込む。

「みんな、スイカ切ったよー！」

とタキさんが声を上げ、庭の凪たちが「やったー！」とはしゃぐ。雷が遠くで小さく鳴る。気づけば空はふたたび曇り、ぽつりぽつりと雨が降り出してくる。陽菜さんたちが笑いながら、駆け足で縁側に戻ってくる。

＊　　＊　　＊

あの取材の日の帰路。

車を運転しながら、神主の話に得体の知れない胸騒ぎを感じていたことを俺は今でも覚えている。あの時はただの、ありふれた昔話の類《たぐい》だと思っていた。いや、今でも俺は、天気の巫女《みこ》だの晴れ女だのは信じていない。その後に起きたいくつかの出来事には、他にいくらでも合理的な説明がつくはずだと思っている。

むしろあの時の俺の胸騒ぎの理由は、もっと他の現実的なことにあったのかもしれない。例えば、滞納していた事務所の家賃。減っていく一方だった仕事。間宮さんとの一向に改善されない関係。

それから、家出した未成年を一ヵ月以上も事務所に置いていたこと。その少年が、俺の知らないうちにとんでもないことをやらかしていたこと。

ただ奇妙なことに──どれほど考えてみても、俺はやはり思うのだ。たとえば過去の自分にアドバイスが出来たとしても、たとえば人生を何度やり直せたとしても──俺はきっと帆高に出会った瞬間から、同じ選択を何度でも繰り返してしまうだろう。

奇妙な確信を持って、俺は今でもそう思うのだ。

第七章　発覚

十六歳の高校生男子です。十八歳になる女性にふさわしい誕生日プレゼントはなんですか?

「投稿」ボタンを押してしばらくすると、さっそくいくつか返信が届く。さすが安定の「Yahoo!知恵袋」。

(回答1)押し倒せばOK
(回答2)現金五桁《けた》以上
(回答3)マンション
(回答4)SNSに頼っている時点でダメ

うーん……。

ベストアンサーがない。強いて言えば四番。というか薄々分かってきてはいたけれど、ネットに人生の答えはないのだ。どうしたものかと悩んでいると、きゃー！と女の子の黄色い歓声が上がり、僕はスマホから顔を上げた。

凪がシュートを決めたのだ。

そこは高架下のフットサルコートで、凪は練習試合の最中だ。「凪、ナイスシュート！」「さっすが凪！」チームメイトが凪に駆け寄り、凪は走りながら一人ひとりとハイタッチをしている。なんという陽キャ。誰にでも分け隔てのない十歳のこの快活な少年を、僕は最近ではほとんど尊敬している。凪に相談に乗ってほしくて、僕はここに来たのだ。

「――指輪だね。間違いない」

確信のこもった口ぶりで、凪が言う。

「え、マジ、いきなり指輪!?　え、それって重くない？」

僕は驚いて訊《き》き返す。僕たちは試合の終わったコートの観覧席に並んで腰掛けている。

「誕生日プレゼントだろ、姉ちゃんの？」

「うん。他の女の人にもリサーチしたんだけどさ――」

僕は夏美さんの回答を思い出す。

「えっ、もらって嬉《うれ》しいもの？　えーとねえ、ハグとキスとー、現金とー、まっとうな彼氏とー、あ、あと就職先！」

「一ミリも役に立たなくてさ……」と僕は溜息《ためいき》をつく。「Ｙａｈｏｏ！知恵袋」とどっこいどっこいだ。「でもそうかー、指輪かあ……うーん……」

僕が悩んでいると、「凪くんばいばーい」と数人の小学生女子が手を振りつつコートから出ていき、凪は爽《さわ》やかに手を振り返す。

「――帆高さあ、姉ちゃんが好きなんだろ？」

「え？」一瞬なんと言われたのか分からず、「えええええっ⁉」と遅れて僕は焦る。いきなり熱湯をかけられたみたいに耳の先まで熱くなる。

「いやいやいや、別に好きとかじゃなくて……え？　いや俺もしかしてそうなのか？　え、いやいやいやいつから？　もしかして最初から？　えええええ⁉」

勝手に混乱していく僕に、凪が呆《あき》れた声で言う。

「あのなあ、はっきりしない男が一番ダメなんだよ」

「え、そ、そうなの？」

「付き合う前はなんでもはっきり言って、付き合った後は曖昧《あいまい》にいくのが基本だろ？」

がーん！　と僕は啓示に打たれる。なにその価値観⁉　なにその戦略的態度⁉

「な……！」東京ってすげえと、僕は久しぶりに心の底から思う。「凪センパイって呼んでいいすか？」

センパイはにっこりと笑顔で応《こた》え、それからふいに遠くを見て言う。

「――母さんが死んでから、姉ちゃんずっとバイトばっかでさ。それはきっと、俺のためなんだ。俺まだガキだからさ」

「……」微笑のまま語るセンパイに、僕は背筋を引っぱられたような気分になる。自分をガキだと言えるくらい、センパイは既に大人なのだ。

「だから姉ちゃんには、もっと青春っぽいことしてほしいんだよね」

そう冗談めかして、センパイは拳《こぶし》を差し出してくる。促されるようにコツンと拳を合わせると、

「……ま、帆高でいいのかは分かんないけどさ」

と、センパイはにやりと笑った。

「ありがとうございました！」

女性の店員さんがにこやかに差し出す紙袋を、僕は受け取る。受け取りはしたのだが、僕はその場を動けないままだ。

「あの――」無言のままの僕の顔を、店員さんが心配そうに覗《のぞ》き込む。

「あの！」僕は思い切って声に出す。

「はい」

「あの……こういうのって、もらって嬉しいと思いますか……？」

手に持った紙袋に視線を落とし、僕はそう尋ねる。長い黒髪で優しそうな顔をした店員さんはすこしだけ驚いた顔をして、それからにっこりと笑顔になる。それはあまりにも素敵な笑顔で、まるでノイズキャンセラーのヘッドフォンをした時のように周囲の雑音が一瞬だけゼロになる。

「――君、ここで三時間も迷ってたもの」

友だちへの言葉のように、店員さんの声がとても親しげになる。

「私だったら、すごく嬉しいと思う。きっと大丈夫、喜んでくれますよ！」

その言葉に、胸がじんと熱くなる。四千円の予算内でどの指輪を買うべきなのか、迷いまくる僕の埒《らち》のあかない悩みにこの人は三時間以上延々と付き合ってくれたのだ。

「がんばってくださいね」と最後に優しく微笑まれ、ネームプレートの「宮水《みやみず》」という文字を見ながら、僕は深く頭を下げた。

新宿のルミネを出るとすっかり夜になっていて、傘を差した人々がいつものように忙しそうに街を行き交っていた。気づけば見慣れている高層ビルたちの灯《あか》りが、雨に霞《かす》んでちかちかと瞬いている。同じ場所を絶望的な気分でさまよっていた二ヵ月前の夜のことを、僕は遠い景色を手繰り寄せるようにして思い出してみる。あの頃の僕はまだ、今のようには深く息を吸えなかった。知っている人の誰もいないこの街で、まるで自分だけが違う言葉を喋《しゃべ》る人間であるかのように、たまらなく不安だった。それを最初に変えてくれたのは、マクドナルドでの陽菜さんだったのだ。

顔を上げると、街頭テレビに週間天気予報が映っている。「連続降水日数、観測史上最長を記録」という文字が流れている。でも僕は知っている。明日《あした》も、陽菜さんが行く場所はその間だけ晴れるのだ。明日の仕事は、娘のために週末の公園を晴れにして欲しいという父親からの依頼。それが僕たちにとって最後の晴れ女ビジネスだ。そしてその翌日が陽菜さんの誕生日。凪と三人でケーキを食べてから指輪を渡そうと、僕は心の中で計画を立てている。

せめて陽菜さんの笑顔をひとつでも増やせますように。心でそう呟《つぶや》きながら、僕は傘越しの雨空を見上げた。

＊　＊　＊

セミの鳴き声を、そういえば久しぶりに聞いたような気がする。さっきまで雨に濡《ぬ》れていた東京タワーは、陽射しを浴びて新しい服に着替えたかのように誇らしげに輝いている。

ここは東京タワーのすぐ足元に広がる公園だ。緑が匂い立つ芝生の周囲を、大きなお寺や真新しい高層ビルが取り囲んでいる。そしてさっきから、公園中に響きわたるような大きな声で、小さな女の子がげらげらと笑っている。

「パパ、今のもういっかいやって、もういっかい！」

「いやいいけどさ、萌花《もか》、苦しかったりしないか？」

「今日はぜんぜん平気。お天気だからね！」

「おっし、いくぞ！」

須賀さんが女の子の両手を取って、くるくると回す。娘の萌花ちゃんはお腹の底から弾《はじ》けるような笑い声を上げる。

「じゃーつぎ、凪くん、凪くんやって！」

「いいよ。ほら！」

「ぎゃーっ！」


やっべーこれ腰に来るなあ、須賀さんがとんとんと腰を叩《たた》きながら、僕と陽菜さんの座るベンチに戻ってきた。僕たちの間に割り込むようにどっかりと腰を下ろす。

「……なんで須賀さんなんですか――」と、僕は須賀さんを睨《にら》みつける。

「ていうか、須賀さん俺のこのバイト知ってたんですか？　てか知ってて黙ってたの？　ていうか娘さんいたんですかっ⁉」

須賀さんは僕を見て無言でドヤ顔をし、陽菜さんと強引に握手をする。

「ほんとに驚いたよ！　予報だと１００％雨だったからさあ！」

陽菜さんがにっこりと笑顔で応え、僕は妙にイラつく。

「娘は喘息《ぜんそく》持ちでね、今はお祖母《ばあ》ちゃんと暮らしてんだけどさ、雨の日だと、俺なかなか会わせてもらえないんだよね」

芝生では萌花ちゃんがセンパイと追いかけっこをしていて、須賀さんは目を細めて娘の姿を見つめている。この人こんな顔するんだなと、僕はちょっと意外に思う。でも確かに、光の中で走り回る二人はまるでそういう絵画のように綺麗《きれい》だ。

「――やっぱ、青空っていいよなあ……」

ぼそりと呟く須賀さんの左手には、よく見ると銀色の指輪がある。右手でその指輪に触れている。節くれ立ったその指がずいぶん歳を取って見えることに、僕は今になって気づく。

「須賀さんて、帆高の上司だったんですね」と陽菜さんが言い、

「そ！　かつ命の恩人！」と、そういえば僕も忘れていたことをまたドヤ顔で言う。

須賀さんは僕の肩に腕を回し、

「てかお前、なんで呼び捨てにされてんの？」

と面白そうに訊《き》く。

「え、陽菜さんの方が二つ年上だし……」

「あ？　お前が十五だっけ？　いや十六？　じゃあ十七？　十八？　たいして変わんねえじゃん」

「ですよねっ！」という僕と「変わりますっ！」という陽菜さんの声がハモる。

「あ、いたいた。おーい！」

　声の方向を見ると、夏美さんが手を振りながらこちらに駆けてくる。「げ！」僕は慌てて小声で言う。

「ちょっ、須賀さん、大丈夫なんすか？」

「あ？」

「だって奥さんと娘さんのこと、夏美さんは……」

　笑いをかみ殺した須賀さんが、僕の背中をばんばんと叩いている。ベンチの前までやってきた夏美さんが不思議そうな顔をしている。

「なになに、どうしたの？」

「帆高のヤツ、俺とお前のことをさぁ――」

「ちょっと……！」言わないで、と言おうとした瞬間に須賀さんはそれを言う。夏美さんが目を見開いて、大きな声で叫ぶ。

「愛人っ⁉」

　僕は真っ赤になってうつむく。地面に落ちる自分の汗を見ながら説明を試みる。

「だって叔父《おじ》と姪《めい》だなんて誰もひと言も言ってくれなかったし……夏美さんだって最初『君の想像通りだよ』って……」

「帆高くん、その妄想引くわー……」と夏美さんは僕に冷たい目を向け、須賀さんは

「常識で考えりゃ分かるだろ」とニヤニヤと言う。救いを求めるように陽菜さんを見ると、細い目で「帆高ってイヤラシイ……」と呟く。悪夢だ。

「帆高くんさあ、」

呼ばれて夏美さんを見る。前屈《まえかが》みになっていて、キャミソールの胸元が深い。

「いま胸見たでしょっ？」

「見てませんよっ！」

罠《わな》じゃねえか！　夏美さんはころころと笑う。

「あ、なっちゃーん！」

見ると、萌花ちゃんがこちらに大きく手を振っている。

「萌花ちゃーん、やっほー」夏美さんも手を振って応《こた》える。そうか、ということは、

二人は従姉妹《いとこ》なのだ。

「パパー、花輪つくってあげたよ。あげるー！」

須賀さんの表情がでろりと溶け、「え、マジで！」とベンチから腰を浮かす。

「おーい、帆高も来いよー！」

「あ、センパイが呼んでる……僕、行かなきゃ」

もごもごとそう言って、僕はその場を脱出する。

「ふふっ、帆高くんウケるねえ」

と陽菜さんに話しかける夏美さんの声を、僕は背中で聞いていた。

＊　＊　＊

その子は、普通の女の子だった。

私はなんというかもっと――巫女《みこ》とか神官とか占星術師とかカリスマロックシンガーとか――神がかっていて口数のすくないような、近寄りがたい雰囲気の少女を想像していたのだ。でも陽菜ちゃんはにこにこと快活な、可愛らしい十代の女の子だった。染めていない髪はつやつやと真っ黒で、肌や唇はまるで作りたてみたいに滑らかだった。帆高くんも陽菜ちゃんもさすがに若いなあと、私はちょっと羨《うらや》ましくなる。

「――帆高ってまだ子どもですよね、恥ずかしい」

隣に座っている陽菜ちゃんが、帆高くんを見ながらちょっと怒ったように言う。そういう関係なんだ、と私は思わず微笑んでしまう。帆高くんはどこまでも弟タイプなのだ。

「ね、似てると思わない、あの二人」

「帆高と須賀さんですか？」

圭ちゃんはうきうきとした足どりで、帆高くんは頭をかきながら、萌花ちゃんたちのところに向かっている。

「うん。圭ちゃんもさ、十代で東京に家出してきたんだよ」

「え？」

「須賀家って、地方で代々議員をやっているような名家でね。圭ちゃんへの親の期待も凄《すご》かったらしいんだけど、圭ちゃんのお兄さんがまたすごく優秀な人で。地元の進学校を首席で卒業して当然ストレートで東大に入って海外留学して今は財務官僚。まあ私のお父さんなんだけどね」

そう言って、私はすこし笑う。

「ちなみに私もお父さんとはどうも相性がよくないんだけどさ、弟の圭ちゃんとはなぜか馬が合うの。だからずっと圭ちゃんのとこでバイトさせてもらってるんだけどね」

あれ？　と、喋《しゃべ》りながら私は思う。なぜ私は陽菜ちゃんに、こんなことを話しているんだろう。

「まあそれはともかくね――」

やっぱりすこし、不思議な雰囲気があるのだ、陽菜ちゃんには。大きな瞳《ひとみ》をまっすぐ私に向けて、私の気持ちを吸い上げてくれるような――。

「圭ちゃんは家出先の東京で、明日花《あすか》さんと出会ったの。後に奥さんになる人。両家の喧嘩《けんか》になるような大恋愛の末に結ばれて、二人で編集プロダクションを始めて、萌花ちゃんも生まれて。あの時は私も嬉《うれ》しかったな」

私は高校生になったばかりだった。病院で赤ちゃんを見た時のほろ苦さと感動は、今では好きな花の香りのように優しく穏やかなものになっている。

「奥さんはね、何年か前に事故で亡くなっちゃったんだけど――」

あの頃の話はちょっと複雑すぎる。ちょっと重すぎる。今でもちょっと辛《つら》すぎる。

ハンドルを切るように私は笑う。

「あれでね、圭ちゃんって意外にまだ一途《いちず》なのよ。ぜんぜんモテないわけでもないと思うんだけどね」

圭ちゃんたちを見ると、額を寄せ合って真剣に花輪を作っている。萌花ちゃんが腰に手を当てて、男たちに指示をしている。圭ちゃんが幸せそうな目元をしている。

「――前に、帆高が言ってたんです」

ふいに陽菜ちゃんが口を開く。

「須賀さんも夏美さんもすげえんだって。あの人たちみたいに誰にでも公平な大人に初めて会ったって。夏美さんははんぱない美人で、会う人はみんな夏美さんのこと好きになっちゃうんだって。いつか私も会いたいなって、ずっと思ってて――」

「え……」

「だから、今日はすごく嬉しいです。帆高の言うとおりだったな」

社交辞令ではなく陽菜ちゃんが本当にそう思っていることが、なぜかまっすぐに伝わってくる。がらにもなく、その言葉に私はちょっとじんとしてしまう。

「私もさ」思わず陽菜ちゃんの両手を握る。「ずっと陽菜ちゃんに会いたかったんだ。100％の晴れ女なんて、すごいじゃん！」

陽菜ちゃんが、え、というふうに私の顔を見る。

「私、晴れ女の噂をずっと追っててさ。実際に陽菜ちゃんに会ったって人たちの話もいくつか聞けたの。みんなすっごく喜んでたよ、陽菜ちゃんのおかげで人生の幸せがちょっとずつ増えてるの！」

陽菜ちゃんの顔が内側から輝いていく。まるで花が咲くようで、なんて尊い――と私は思う。湧きあがる陽菜ちゃんの喜びは物理的な光のように眩《まぶ》しくて、私は思わず眼を細める。なんだか早口になっていく。

「それって陽菜ちゃんにしか出来ないことでしょ？　そういうはっきりした能力を持っている人なんてさ、めったにいないのよ。というかね、実はそれが目下の私の悩みなの！　あー私も履歴書に書ける特技がほしいなー就活ダルいんだよねーいいなー陽菜ちゃん、超能力女子高生なんかもう完璧《かんぺき》ヒロインじゃん！」

くすくすと陽菜ちゃんが笑う。「私は――」そう言いながら、陽菜ちゃんは視線を上げる。

「早く、大人になりたいんです」

思わず、私はその横顔に見とれてしまう。――そうか。そうよね。優しく叱られているような気持ちになる。

「……なんだか、安心したな」

「え？」

私はスマホを取り出す。

「実はね、取材でちょっとだけ気になる話を聞いたことがあって……」

あの神社での神主のムービーを、私は探す。でも大丈夫だ、と私は自分に言いきかせるように思う。大丈夫。陽菜ちゃんは将来に思いを馳《は》せるような普通の女の子だ。

早く大人になりたいと、はっきりした口調で遠くを見つめるたくましい子だ。あんな話、ただのよくある昔話。「天気の巫女には悲しい運命がある」だなんて――あんな話。

私は思いきって、再生ボタンを押した。

＊　　＊　　＊

降り出した小雨が、あっという間に空気から熱を奪う。僕はジャケットのファスナーを首まで上げる。さっきから、萌花ちゃんが苦しそうに咳《せき》をしている。

「萌花、ちょっと疲れちゃったか？」

須賀さんが喘息《ぜんそく》の吸入器を取り出し、からからと振る。抱きかかえた萌花ちゃんに、吸入口をくわえさせる。

「ほら、吸ってごらん。いち、に、さん！」

タイミングをぴったり合わせて、萌花ちゃんは深く息を吸う。大きく息を吐きながら、

「だいじょうぶ！　もっと遊ぶ！」と須賀さんに訴える。

僕たちはそれぞれ傘を差していて、公園近くの駐車場まで来ている。須賀さんの車が置いてあるのだ。暗くなってきた空を背景にして、まだ点灯前の東京タワーが巨人の影のように僕たちを見下ろしている。

「あの、私たち、そろそろおいとまします」陽菜さんが須賀さんにそう声をかけると、

「ええー、やだー、もっとあそびたいー！」と萌花ちゃんが大きな声を出す。

「萌花、みんなと一緒は楽しいけどさ、そのぶん疲れちゃうだろ？　そろそろおうちに帰らないと」

「やだよー、わたし凪くんともっといっしょにいたいーっ！」

萌花ちゃんはほとんど涙目になっている。夏美さんが明るい声を出す。

「じゃあさ、最後に皆でかるく晩ご飯いこうよ！」

「やったー、ごはんいくー！」

「でも……」と困ったように陽菜さんは言う。

「じゃあさ！」と凪センパイが言う。「俺、ちょっとだけご一緒させてもらうよ。いいかな？」

「もちろん！」と夏美さんが答え、やったーっ！　と萌花ちゃんがはしゃぐ。須賀さんはしょうがねえなあと言いつつも、口元が嬉しそうだ。

「帆高は、姉ちゃんを家まで送ってやってよ」

「え?」

凪センパイを見ると、ぐっと親指を立てウィンクをする。僕はドキリとする。

「陽菜ちゃん!」

萌花ちゃんが須賀さんの腕からジャンプし、陽菜さんに駆け寄る。ぎゅーっと脚に抱きつく。

「今日はお天気にしてくれてありがとう! わたし、すっごーっく楽しかったよ!」

陽菜さんは顔ぜんぶで笑ってみせる。僕は一瞬見とれてしまう。しゃがみ込んで萌花ちゃんの視線になり、陽菜さんは言う。

「こちらこそ。たくさん喜んでくれて、ありがとう萌花ちゃん」


ヤバい、ヤバい——。

勝手に心臓が高鳴っている。

浜松町駅《はままつちょう》までの道も、山手線に乗ってからも、僕たちの口数はすくなかった。電車のドアの脇に立ち、陽菜さんはじっと黙ったまま窓ガラスの水滴を見つめていた。僕はガラスに映った陽菜さんの顔を時折盗み見しながら、ポケットの中の左手ではずっと小さな箱を握りしめていた。昨日買ったばかりの指輪だ。渡すとしたら今しかないんじゃないか——電車が田端駅に近づくほどに、僕のその思いは強くなっていった。思いがけずふいに訪れた、完璧に二人だけの時間だ。

南口の改札を出ると、雨はまたすこし強く、気温はまたすこし低くなっていた。雨雲に覆われた空には、まだかろうじて昼間の明るさが残っている。

ヤバい、ヤバい——。

僕の胸の中ではヤバいくらいに心臓が暴れている。雨が降っていてくれて良かったと、僕は思う。雨の音がなければ、僕の鼓動の音はきっと陽菜さんに聞こえてしまっていた。それでも勝手に熱くなっていく体を持て余して、僕は歩くスピードをすこし落とす。眼下の高架を、新幹線がシャーッという音を立てて滑っていく。雨粒がでたらめな楽器のように傘を叩《たた》く。

ヤバい、ヤバい——でも。

僕は足を止める。一歩、二歩、陽菜さんの背中が離れていく。三歩、四歩。

僕は息を吸う。強い水の匂いがする。

「陽菜さん」「帆高」

タイミングがぶつかってしまう。

「あ！　ごめん」

「あ、ううん」陽菜さんは優しく笑う。「なに、帆高？」

「いや……別に。陽菜さんこそ、なに？」

「あ、うん――」

陽菜さんはすこし目を伏せる――一瞬、彼女の顔をなにかがよぎった――ように、僕には見えた。水の影？

「――帆高、あのね」

陽菜さんは顔を上げる。僕をまっすぐに見る。真剣な瞳《ひとみ》。また水の影。

「私――」

また水。水が舞っている。陽菜さんの周囲をゆっくりと回るように舞うあれは――水の魚？

その瞬間だった。

叩きつけるような突風が、背中から僕を吹きつけた。手から傘がもぎ取られる。思わずかがみ込む。

「――あっ！」

風に吹き上げられる陽菜さんの上着が目の端に見えて、僕は反射的に手を伸ばす。

しかし届かない。僕たちの傘と陽菜さんの上着は、ずっと上空まで吹き上げられていく。

「……！」

小さくなって空の霞《かす》みに溶けていくそれらを、僕はいっとき呆然《ぼうぜん》と見つめる。

「陽菜さん……！」

大丈夫？　という言葉が、舌先で止まった。

目の前には、誰もいなかった。慌てて周囲を見る。誰もいない。そんなわけない——

——ほんの数秒前まで、彼女は目の前にいたのだ。

「——帆高っ！」

ふいに陽菜さんの声が聞こえて、安堵《あんど》と恐怖が同時に僕を襲った。声が聞こえたのに——それは、あり得ない方向からだった。僕は空を見上げる。

陽菜さんが、街灯より高い場所に浮いていた。雨とは別の動きをする水滴が、陽菜さんの体を支えるようにちらちらと舞っている。見えない手のひらに乗せられているかのようにゆっくりと、陽菜さんの体は地上に降りてくる。坂道に並んだ街灯が、夜が来たことにやっと気づいたかのように灯《とも》り始める。点灯した街灯の前を、陽菜さんの体が通過する。その時僕が目にしたのは——恐怖にこわばる彼女の表情と、電灯を氷のように透かした陽菜さんの左肩だった。

体が、透明になっている……？

僕は強くまばたきをする。電灯を過ぎた陽菜さんの肩は、もう元通りのように見える。混乱する僕の目の前に、陽菜さんの体がゆっくりと降りてくる。体を囲んだ水滴たちは雨に溶けるように消えていく。陽菜さんの爪先《つまさき》がアスファルトにつき、そのまま彼女は膝《ひざ》から崩れ落ちてしまう。そしてゆっくりと顔を上げる。その顔には驚きと混乱と恐怖と——こうなることを知っていたような、うっすらとした諦《あきら》めがあった。

「私が晴れ女になったのはね——」

と、その後の家までの道中で、彼女は僕に語った。

「一年前の、あの日」

第八章　最後の夜

　髪を乾かしていたドライヤーを止めると、雨音が生き返ったように耳に戻ってきた。まるで乱暴な小人が一斉にノックをしているかのように、薄い屋根と壁を通して雨の音が部屋中に響いている。

「去年、お母さんが亡くなるちょっと前にね――」

　傘を飛ばされた僕たちは、ぐっしょりと濡《ぬ》れてアパートに帰ってきた。最初に陽菜さんがシャワーを浴び、次に僕がシャワーを借りた。

「私、一人であのビルの屋上に昇ったことがあるの」

　小さな洗面台の前には、二つのコップと二つの歯ブラシ。洗顔料やハンドクリームや、制汗スプレーやヘアワックス。顔を上げると、呆然とした自分の顔が鏡に映っている。

「そこはまるで、光の水たまりみたいだった。雲間から一筋だけ陽が射してて、その屋上を照らしてたの。あの廃ビルの屋上には一面に草花が咲いていて、小鳥がさえずっていて、朱《あか》い鳥居が陽射しに光っていて」

その日、陽菜さんは手を合わせながら、その鳥居をくぐったそうだ。

神さま、どうか。

雨が止みますように。お母さんが目を覚ましますように。もう一度三人で、青空の下を一緒に歩けますように。

ふいに雨の音がぷつりと途切れ、目を開くと——そこは青空の真ん中だった。

そこで彼女は見たのだ。雲の上の草原を。きらきらと瞬きながら泳ぐ空の魚たちを。

「気がついたら私は鳥居の下に倒れてて、空は晴れてた。久しぶりの青空だったの。あの時から私はね——」

雨に濡れた帰り道で、陽菜さんはこう言ったのだ。

「空と、繋《つな》がっちゃったんだと思う」

ピンポン！

突然の音に、僕は飛び上がりそうに驚いてしまう。ドアチャイムだった。陽菜さんのアパートに誰かが訪ねてくるのは僕が知るかぎり初めてで、こんな時間に誰だろう、と遠慮がちに洗面所のドアを開けた。陽菜さんが玄関のドアスコープを覗《のぞ》いている。

「帆高、隠れてて！」

小声で鋭く言われ、僕は慌ててドアをまた閉める。もう一度チャイムが響き、玄関から女性の声がする。

「夜分遅くにすみません。警察の者ですが――」

ざわりと、僕の胸が波打った。陽菜さんが玄関を開ける音がする。女性警察官らしい声と、太く低い男の声。「この少年に見覚えありませんか」と男の声が言って、ふいに心臓がどくんと跳ねた。全身に寒気が走る。同時に力が抜けていく。

僕のことなのだ。まさかという思いと同時に、そりゃそうだよな――と、頭の中のひんやりと覚めた部分で僕は思う。こんな日々がいつまでも続くわけはなかったのだ。いつかこうなることを本当はずっと知っていたのだと、ようやくに僕は自覚する。

「写真、もっとよく見てくれませんか？　この少年、このあたりで何度も目撃されてるんですけどね」

「いえ、見たことありません……この人がどうかしたんですか？」

「すこし訊《き》きたいことがありましてね」男が不機嫌そうな声で言う。「それに彼は家出少年で、ご両親から行方不明者届が出ています」

僕の膝は、別の生き物みたいに勝手に震えている。

「それから天野《あまの》さん、」と女性警官の声。「あなた、小学生の弟さんと二人暮らしよね？」

「はい」

「それもね、本当はちょっと問題なの。保護者のいない児童だけでの生活は――」

「でも！」

陽菜さんが突然大きな声を出す。

「私たち、誰にも迷惑かけてません……！」


バタン、と玄関の閉まる音がする。警察はひとまずは帰ったらしい。僕はゆっくりと呼吸を整え、洗面所から出る。玄関の前に立ったままの陽菜さんが、背中を向けたままぽつりと言う。

「明日《あした》、児童相談所の人たちともう一度来るって」

ピンチなのは僕だけじゃない――陽菜さんたち姉弟《きょうだい》にも問題が迫っているのだ。僕は混乱していく。いったいなにから考えればいいのか。陽菜さんが振り向いて、憔悴《しょうすい》しきった顔で言う。

「どうしよう……私たち、ばらばらにされちゃう！」

「――！」

突然、僕のポケットの中でスマホが震えた。取り出すと、発信者は須賀さんだった。

玄関をそっと開け、僕は顔を出してあたりを見回す。薄暗い共用廊下に人影はない。路地の向こう、ますます強くなった雨煙の向こうに、街灯に照らされた須賀さんの車が見えている。

「帆高、大変だよ！　警察が——」

車まで駆け寄ると、凪センパイが助手席のドアを開けてそう言った。

「うん、知ってる。センパイ、先に戻ってて」

車に乗り込んでドアを閉める。運転席には須賀さんが座っていて、キャップを深くかぶり大きな黒縁の眼鏡をかけている。シートにもたれたままなにも言わない。

「……須賀さん？」

「ああ、この格好？」いつもの半笑いで、前を向いたまま須賀さんは言う。

「変装してんの」

「——」

カーラジオからは無表情な声で気象情報が流れている。『日没以降、気温が急激に下がっています。都心の現在の気温は十二度、八月としては観測史上最低を——』

カチリ。須賀さんがスイッチを切る。

「……さっき、俺の事務所にも警察が来た。未成年誘拐事件として捜査してるらしい。知らないって突っぱねたが、ありゃ、俺が疑われてるな」

「誘拐事件……!?」

「お前の両親、行方不明者届を出してんだって？　子どもも思いのいい親じゃねえか」

須賀さんは薄く笑う。ふいに低くなった声で、「それからさ」と続ける。

「お前、銃を持ってるって、嘘だよな？」

「……え？」

「警察に監視カメラの写真を見せられてさ。駐車場の隅を拡大した粗い画像だったけど、大人に銃を向けているガキは、言われてみればお前に似てたな」

息がうまく吸えない。胸が苦しい。僕は必死に言葉を吐き出す。

「あれは――拾っただけなんです！　オモチャだと思ってて、不良に絡まれたから脅そうと思っただけで……もう捨てました！」

「マジかよ」おかしくもなさそうに須賀さんは笑う。

「銃器不法所持の疑いだってよ」

血の気が引いていく。須賀さんはキャップを脱ぎ、僕の頭に被《かぶ》せる。

「それやるよ、退職金」

退職金？——言葉は聞こえるのに、意味が脳まで届かない。須賀さんは相変わらず僕を見ない。

「お前さ、もうウチには来ないでくれよ。このままじゃ俺が誘拐犯になっちまう」

雨がボンネットを叩《たた》いている。それはドラムロールのように激しい。

「娘の引き渡しを申請中でさ——情けない話なんだけど、妻が死んだ後に俺一回駄目になっちまってさ。その時に娘をあっちの両親に取られちまって、今、交渉してんだよ。そのためには収入とか社会的評価とかが大事でさ。いま微妙な時期なんだよ、悪いけど」

須賀さんが僕の返答を待っている。それは分かる。分かるけど、言葉が出ないのだ。須賀さんは小さくため息をつく。その小ささに、僕は傷つく。

「……お前さあ、明日家に帰れよ。それで全部元通りだろ？　簡単じゃねえか、ただフェリーに乗りゃいいんだ」

須賀さんが財布を取り出して、指でお札を数えている。

「誰にとっても、それが一番いい」

僕の手に一万円札を何枚か押しつけ、須賀さんはようやく僕の顔を見る。僕はきっと、泣き出しそうな情けない顔をしている。須賀さんはさっきからずっと、僕の名を呼んでくれない。

「――もう大人になれよ、少年」

アパートのドアを開けると、部屋中に物が散らばっていた。姉弟はリュックに荷物を詰めている。手元に目を落としたまま、陽菜さんが言う。

「もうここにはいられないから」

「え？　でもどこに……？」

「分かんないけど、でも――」

「俺、どこでもいいよ！」と、凪センパイが明るく声を上げる。

「姉ちゃんと一緒ならさ！」

陽菜さんは、愛《いと》おしそうにセンパイをちらりと見て、また手元に目を落とす。

「帆高はさ、補導される前に実家に戻った方がいいよ。ちゃんと帰る場所があるんだから」

陽菜さんまで、須賀さんと同じようなことを言う。雨音がますます強くなっていく。

陽菜さんは僕を見る。にっこりと、小さな子どもを安心させるような笑顔で言う。

「私たちは、大丈夫だから」

「……！」

胸が詰まる。その笑顔と言葉に、僕の濁っていた思考がようやく晴れる。

「……俺、帰らないよ」

姉弟が手を止めて僕を見る。やるべきことをようやく思い出す。今こそ僕が二人を守るのだ。すると、脚の震えがぴたりと止まる。大きく息を吸い、吐き出す強さで僕は言う。

「一緒に逃げよう！」

＊　＊　＊

夕方から激しさを増し続けていたその日の雨は、夜には異常な強さになった。

まるで空の蛇口が壊れてしまったかのように、濁流のような雨が街に降りそそいでいる。テレビに映される東京の遠景は、ビルの足元は雨煙に隠れ、ビルの上は濃い霧に覆われていて、ぽっかりと浮遊する廃墟《はいきょ》のように見えた。

『先ほど、東京都に大雨特別警報が発表されました』

と、テレビが言っている。

『数十年に一度の大雨となる恐れがあります。低地の浸水、河川の氾濫《はんらん》に最大級の警戒をしてください。テレビ、ラジオ、インターネットで自治体の災害情報を確認し、避難指示があればそれに従ってください』

私はチャンネルを変えてみる。新宿駅の南口で、人混みを背にキャスターが雨に打たれて叫んでいる。『台風並みの風雨が帰宅の足を直撃しています！　首都圏の電車は現在遅延が相次いでいて——』

またチャンネルを変える。どの局でも気象情報を流している。

いくつかの地下鉄の駅では浸水が始まっている。荒川《あらかわ》沿いと隅田川沿いの地域には避難指示が出始めている。羽田《はねだ》空港の発着便は軒並み欠航となっている。一時間の雨量が百五十ミリを超え、各地でマンホールから水が噴き出し、内水氾濫が発生している。いくつもの駅でタクシー待ちの行列が出来ている。帰宅難民となる恐れがあります、ただちに命を守る行動をとってくださいとテレビが言っている。画面に映る人々の息は白く、皆寒そうに腕をさすっている。

『八月としては異例の寒気です。現在、都内の気温は十度を下回っており——』

『低気圧の北側から、都心部に強い寒気が流入しています。この一時間で気温は十五度以上も低下し、この先も更に下がっていく可能性が——』

キャスターたちの口調が重々しくなっていく。

『繰り返します。現在東京都に大雨特別警報が発表されています。数十年に一度の大雨となる恐れがあります。最新の情報を確認し、ただちに命を守る行動をとってください——』

『関東甲信地方を中心に、未明を過ぎても活発な雨雲がかかり続けており——』

『季節外れのこの急激な気温低下は、体力のない方にとっては危険なレベルです。厚手の上着などをクローゼットから出していただき——』

『気象庁は、この異常な天候が今後も数週間は続くだろうとの見通しを発表し——』

『前例のない、極めて危機的な異常気象だと言えるでしょう——』

ふいに憂鬱《ゆううつ》になり、私はテレビを切った。そんなはずはないのに、私はなんだか自分が責められているような気持ちになっている。どうしたっていうんだろう——自分の部屋のベッドに、私はうつぶせる。理由を考えてみる。

——まさか。

そんなわけない。でも——。

昼間の公園で、私が陽菜ちゃんに話したこと。「天気の巫女《みこ》は人柱だ」と語ったあの神主さんの言葉を、私が陽菜ちゃんに伝えたこと。それがこの雨の原因であるような気が、私はしているのだ。そんなことあるわけないのに。でも——。

「おい夏美、こんな日にどこ行くんだ！」

父親の苛立《いらだ》った声を背中に聞きながら、私はヘルメットを手に取って玄関のドアを開けた。

＊　＊　＊

僕たちが乗った山手線は、池袋駅で止まってしまった。

車内放送で、車掌が疲れた声を隠さずに言う。

『えー、大雨による交通機関の乱れのため、現在のところ山手線の運転再開のめどは立っておりません。なお現在、ＪＲ全線で大幅な遅延や運転見合わせが発生しております。お客さまにはご迷惑をおかけいたしますが、代替輸送等をご利用いただきますようお願いいたします。繰り返します……』

なんだよ結局動かねえのかよ。降りようか。このあとどうする？　親に迎えに来てもらうよ。人々は口々に愚痴りながら車両から降りていく。

「どうしよう――」

陽菜さんが不安げな声を出し、僕は笑顔を作って言う。

「とりあえず、今夜泊まれる場所を探そうよ」

「申し訳ありませんが、ただいま満室でして――」

「ご予約いただいておりますか？」

「今日はもう満室ですね」

「君たち三人だけ？　ご両親は？」

「身分証のご提示をお願いしているのですが――」

　しかしどのホテルで尋ねても、部屋はなかった。本当にどこも満室なのか、それとも小学生を連れた子ども三人という姿を怪しまれているのか、僕たちは宿泊を断られ続けた。しまいには雑居ビルの地下にある怪しげなレンタルルームにも行ってみたが、「君たち家出じゃないよね？」と疑われ、「通報するのも面倒なんで、出てってくれる？」と追い返された。

　そうやって寝場所を探しながら、僕たちは駅の東西を結ぶ地下通路を何度も往復した。三人とも大きなリュックを背負い、その上に雨合羽《あまガッパ》を着込んでいた。気温は震えるほど低く、雨は冬のそれのようにじんと冷たく、おまけに街のあちこちが浸水して浅いプールのようになっていて、スニーカーはぐっしょりと濡《ぬ》れてしまっていた。体は凍え、足先は冷たく、荷物は重かった。僕たちは疲れ切っていた。一緒に逃げようと言ったくせに一泊する場所すら見つけられない、自分が情けなくて腹立たしかった。

「ねえ、あれ！」

突然、凪センパイが声を上げた。地下通路の出口を指さす。

「あれ、雪じゃねえ？」

僕たちは驚いて通路から出る。街灯に照らされてちらちらと舞うそれは、確かに雪だった。陽菜さんの顔を見ると、ほとんど恐怖のような表情を浮かべている。たぶん僕も同じ顔をしている。今は八月なのだ。

街を歩く人々も、皆驚いて空を見上げている。大粒の雪が冠水したアスファルトに落ち、次々と音のない波紋を作っている。電車の止まった線路沿いの道は、奇妙な静寂に包まれている。気温はますます下がっていく。

これは天罰なんじゃないか——。

雨合羽の中で半袖《はんそで》から出た腕をさすりながら、僕はふと思う。僕たちが勝手に天気を変えたから、空の上にいる神さまみたいな人が怒ったんじゃないか。人間が与えられた天気に満足しなかったから。わがままに青空を望んでしまったから。

僕は首を振る。そんなわけない。でも——陽菜さんが言った言葉を、僕は思い出す。

「あの時から、私は空と繋《つな》がっちゃったんだと思う」

僕は空を見上げる。まるで夏空の花火のように、無数の雪が頭上に広がっていく。

——この空と、陽菜さんが繋がっている？

＊　＊　＊

圭ちゃんの事務所に着く頃には、信じられないことに雨は雪に変わっていた。

事務所裏にカブを停め、油断してショートパンツで来てしまったことを後悔しながら、私は事務所への階段を駆け下りた。ドアを開けて中に入る。

「寒ーっ！　ちょっと圭ちゃん、八月に雪だよ！」

肩にのった雪を払いながら言う。

「あれ？」

返事がない。見ると、バーカウンターに圭ちゃんはつっぷしていた。カウンターの上のテレビが、小さなボリュームで喋《しゃべ》っている。

『都心にまさかの雪が降っております。本日夕方からの激しい豪雨は各地に浸水被害をもたらしましたが、午後九時現在、雨は広い地域で雪に変わっています。予報では、深夜過ぎからはふたたび雨に変わる見込みで――』

私はスイッチを切る。カウンターの上には飲みかけのウイスキーと、灰皿と何本かの吸い殻。なにかあったのかな――と、私はうつぶせで眠り込んでいる圭ちゃんを見る。ずっと禁煙していたはずなのに。圭ちゃんは不機嫌そうな顔で、小さないびきをかいている。肌がざらりと乾いていて、髪にも無精髭《ぶしょうひげ》にも白いものが混じっている。この人もちょっと歳を取ったなと私は思う。圭ちゃんの隣のスツールには、猫のアメが丸まって眠っている。ふてくされたような寝顔が圭ちゃんとよく似ていて、私はすこし吹き出してしまう。

「ちょっと圭ちゃん、起きて。風邪ひくよ」

肩を揺すると圭ちゃんは面倒くさそうに眉根《まゆね》を寄せ、ぼそりと呟《つぶや》いた。

「明日花《あすか》……」

切なげで弱々しい声だった。私はちょっと驚く。今でも奥さんを夢に見るんだ――私はふと、あの頃を思い出す。四年前の、あれもちょうど夏だった。事務所開きの小さなパーティ。スナックのリノベーションを済ませたばかりのこの事務所はまだがらんとしていて、お祝いのフラワースタンドが誇らしげに並んでいた。萌花《もか》ちゃんはまだほんの赤ん坊で、圭ちゃんや明日花さんが来客のもてなしをしている間、私はずっと萌花ちゃんと遊んでいた。まだ高校生だった私は、たぶん制服姿だったはずだ。そうだ、ひと通りお客さんが帰った後に、私が三人の記念写真を撮ったのだ。Ｋ＆Ａプランニングと書かれた窓を背景にして、明日花さんは萌花ちゃんを抱き、圭ちゃんは嬉《うれ》しそうに胸を張っていた。

「……夏美か？」

ようやく圭ちゃんが目を覚ました。派手にクシャミをする。

「うーっ、なんかすげえ寒《さみ》ぃな。暖房付けようぜ」

リモコンで暖房のスイッチを入れると、埃《ほこり》っぽい臭いの後に温風が吹き出してくる。

私はカウンターの内側で自分の水割りを作りながら言う。

「なーんかさ、圭ちゃんもすっかりオッサンだよね」

「人間歳取るとさあ」圭ちゃんはオッサンらしく両手で顔をごしごしとこする。「大事なものの順番を、入れ替えられなくなるんだよな」

「は？　なによそれ」

私は圭ちゃんの隣のスツールに座る。

「そういえば帆高くんは？　まだ帰ってこないの？」

　そう訊《き》くと、圭ちゃんの表情がふいに曇った。

「追い出したって――え？　嘘でしょう⁉」

「いやだから、ここに警察が来たんだぜ。そんなガキ置いておけるかよ」

「な――」

　わざと露悪的な言い方をするのは、後ろめたい時の圭ちゃんの癖だ。「他人の人生より自分の生活が大事だろ、普通」

「はあ？　それで禁煙やぶってお酒飲んで罪悪感に浸ってたの？」

　私は椅子で寝ているアメを持ち上げて、圭ちゃんの顔に突きつける。

「だっさいオッサンだにゃー……って、アメも言ってるじゃん」

　アメは面倒くさそうに「にゃー」と声を出してくれる。

「ほんとダッサ、行動パターンが超昭和。隣に座らないでくれます？　加齢臭が移るから」

　私はアメを元の場所に置き、一番端のスツールに移る。私たちはカウンターの端と端に座っている格好になる。帆高くんを追い出した？　こんな天気の夜に？

「だいたいさ、圭ちゃんはいつも中途半端なのよ。捨てるんなら最初から拾わなきゃいいでしょう？　無頼ぶってるくせに実は小心な常識人でさ、そういうのが一番タチ悪いわよ」

「はああ？　オヤジからうちに逃げ込んできてる奴が言うセリフかよ？　まっとうな常識人が嫌なら就活なんて今すぐやめて、詩人か旅人にでもなっちまえよ」

私は圭ちゃんを睨《にら》みつける。圭ちゃんは水割りを一口飲み、私を睨み返して言う。

「俺がダサいんなら、お前だってダサいだろ。あの子、陽菜ちゃんだっけ？」

私はぎくりとする。この人は分かっているのだ。後ろめたさを、私たちは共有しているのだ。

「天気の巫女《みこ》は人柱だって話、あの子に伝えたんだろ？　それが本当だとしたら、あの子はいずれ消えちまうわけだ。そんな話を言うだけ言っといて、放っててていいのかよ？」

「だってそれは……じゃあどうすれば良かったのよ!?」

「はっ、マジになるなよ。しょせん与太話だろ？」

圭ちゃんは半笑いで煙草をくわえる。はぐらかしている。ライターで火を付け、見せつけるように深く煙を吐く。

「でもまあ、仮にさ――」青みがかった煙が、水に落とした絵の具のように広がりながら溶けていく。

「人柱一人で狂った天気が元に戻るんなら、俺は歓迎だけどね。俺だけじゃない、本当はお前だってそうだろ？　ていうか皆そうなんだよ。誰かがなにかの犠牲になって、それで回っていくのが社会ってもんだ。損な役割を背負っちまう人間は、いつでも必ずいるんだよ。普段は見えてないだけでさ」

「それ、なんの話してんのよ」

私は不機嫌な声を出す。むかむかと腹が立ってくる。無責任さをこれみよがしにひけらかす圭ちゃんにも、この狂った天気にも、圭ちゃんの言葉にどこか納得してしまっている自分自身にも。家でじっとしていられなくてここまで来たくせに、結局酒を飲んでくだを巻いているだけの私自身に、私は腹を立てている。

もうなにも考えたくなくて、私は水割りを一気に飲んだ。

＊　＊　＊

「君たち、ちょっと」

突然、後ろから肩を摑《つか》まれて、振り返ると背中が粟立《あわだ》った。

二人組の制服警官だった。僕たち三人は繁華街を歩いているところだった。

「こんな時に子どもだけで出歩いて、危ないでしょ？　なにしてるの？　皆兄弟？」

いきなりの威圧的な口調に僕が口ごもっていると、陽菜さんが一歩前に出た。

「これから家に帰るんです。私は大学生で、二人は弟で」

「んー、君がお姉さんね。ちょっと学生証見せてもらえる？」

「今は、持ってきてません」

ふと、警官の一人と目が合った。するとその目が驚きに見開いたように、僕には見えた。肌がさらに粟立つ。嫌な予感がする。その警官は僕に背を向け、無線機でなにごとかをやりとりした後、僕の視界をふさぐようにすぐ目の前に立った。

「君は高校生？　ずいぶん大きいリュック背負《しょ》ってるよね」

腰をかがめて、無遠慮に顔を覗《のぞ》き込まれる。

「フード、ちょっと上げてもらっていいかな？」

まさか、僕を探している――？　銃器不法所持の疑いだってよ――須賀さんの言葉が蘇《よみがえ》る。

「陽菜さん」隣にいる陽菜さんに僕は耳打ちをする。

「え?」

「逃げて!」

言い終わらないうちに駆け出した。僕が陽菜さんたちと一緒にいたら迷惑なのだと、今さらに気づく。

「止まりなさい!」

足音が追ってくる。振り返らずに必死に走る。が、すぐにリュックの端を摑まれる。僕はその腕を思いきり振り払う。

「公妨!」

怒号と同時に、もう一人の警官に真横からタックルをされた。僕は地面に押し倒される。取り押さえられそうになる。無茶苦茶にもがく。

「帆高っ!」

陽菜さんが叫ぶ。目の端に、駆け寄ってくる陽菜さんの姿が見える。

「来ちゃだめだ!」

でも陽菜さんは、僕の上に乗った警官に思いきり体当たりする。警官は倒れ込む。

「——こいつ!」警官の目が怒りに燃えている。警棒を振り上げる。

陽菜さんはとっさに両手を組み、

「お願い！」と叫んだ。

直後、耳をつんざく轟音《ごうおん》とともに視界がまっ白に瞬き——路肩のトラックを雷が直撃した。五十メートルほど先で、衝撃で一瞬宙に浮く車体が、スローモーションのように僕の目に映る。一瞬の後——トラックが爆発を起こした。

騒然となる周囲。避難するように走り逃げる人もいれば、スマホを構えて駆け寄る野次馬もいる。

「……大変だ！」

一瞬呆然《ぼうぜん》としていた警官は、我に返り炎に向かって駆け出していく。

陽菜さんを見ると、晴れを祈る時のように両手を組んだまま、炎を見つめて固まっている。まさか、陽菜さんが——？　馬鹿げた想像を即座に塗りつぶし、僕は陽菜さんの手を摑む。

「行こう、今のうちに！」

立ちつくしている凪センパイも引っぱって、僕たちはその場から逃げ出した。路地の暗い方へとひたすらに走る。やがて背後からパトカーと消防車のサイレンが聞こえてくる。雪はますます強くなっていく。

「――一泊二万八千円ね」

「え？」

狭い窓口から僕の顔を見上げ、面倒そうな口調でおばさんが言う。予想していた返答と違うから、僕は思わず言葉に詰まる。

「だから、二万八千円。払えるの？」

「え、あ、はいっ、払いますっ！」

そこは場末のラブホテルだった。フロントのおばさんはぐっしょりと濡《ぬ》れそぼった僕たち三人の姿をちらりと見たはずだけれど、なにも言わなかった。ガタガタと揺れるエレベーターで八階まで昇り、渡された鍵《かぎ》で重い鉄の扉を開け、部屋に入り、鍵を閉めた。とたん、僕たちは揃ってその場にへたり込んでしまった。もう限界だったのだ。

「はあ～っ……」

全員で深い溜息《ためいき》をつく。

「なんか俺、すっかりお尋ね者になっちゃったかも……」

思わず暗い声で僕が呟《つぶや》くと、

「それってカッケーじゃん！」とセンパイが親指を立てた。

「えっ、そう⁉」

「ふふっ」

陽菜さんが吹き出し、皆でくすくすと笑い合った。

「私、もうどうなるかと思ったー」

「帆高、なんか逮捕されそうになってんだもん！」

「ウケるよね！」

「マジ焦ったよ、ていうか笑い事じゃないって！」

僕たちはますます声を上げて笑う。そうしているうちに、体中に詰まっていた疲れがほどけるように消えていく。不安も同時に溶けていく。バッテリー残り二％のスマホにギリギリで電源を差せたみたいに、みるみる元気が湧いてくる。

「部屋広っ！」

「ベッドでかっ！」

「風呂《ふろ》でかっ！」

凪センパイが、部屋のあちこちで感激していちいち大声を上げる。部屋はベージュと黒と金でシックにまとめられた、落ちついた内装だった。センパイは風呂にお湯を張り、陽菜さんはいそいそとお湯を沸かしてお茶を淹《い》れてくれている。僕はその隙に、アダルトビデオの番組表その他諸々《もろもろ》の、姉弟《きょうだい》の目に触れてはならぬものを急いでクローゼットの奥に隠した。東京に来てから、たぶんこれが一番ドキドキする作業だった。

「姉ちゃん、帆高っ！」

風呂場からセンパイが大声を出す。

「三人で入ろうぜ！」

僕と陽菜さんは、飲んでいたお茶を同時に吹き出す。

「一人で入れっ！」声がハモった。

「えー、じゃあ帆高ー、男子チームで入ろうよー」

「ええっ!?」

行ってらっしゃい、と陽菜さんが可笑《おか》しそうに言う。

「あったけー……」

熱いお湯をぜいたくに張った湯船に、僕とセンパイは肩まで浸《つ》かる。

「ん？　なんだこれ？」

センパイが壁にあるボタンを押す。と、ふっと浴室の電気が消え、入れ替わりにバスタブが内側から光り出す。さらにゴボゴボと泡が吹き出してくる。ジェットバスだ。

すげーっ、くすぐってーっ、僕たちははしゃぎ回る。

「風呂交代っ！」

姉弟がハイタッチを交わす。陽菜さんがお風呂に入っている間、僕たちは夕食の準備をしておくことにする。テレビの下の棚を開けると、販売機にホットスナックやインスタント食品が並んでいる。焼きそば、たこ焼き、カップヌードル、カレーメシ、フライドポテト、からあげクン。紙のパッケージを見るだけでつばが湧いてくる。

「うわっ、なんかいろいろある！　帆高、どれにするっ？」

センパイがわくわくと僕に聞く。

「ぱーっと全部食べようぜ、センパイ！」

「えっ、いいの!?」

「退職金出たからさ！」

「やった！」

センパイはお風呂に向かって大声を出す。

「姉ちゃーん、今夜のディナーは豪華だぜーっ！」

たのしみーっ、たっぷりとエコーのかかった陽菜さんの声が浴室から戻ってきて、僕はそれだけでなんだかドキドキしてしまう。

「お風呂いただきましたあー」

僕たちがホットスナックたちを代わるがわる電子レンジで温めている時に、陽菜さんが浴室のドアを開けてそう言った。

「あ、おかえり」

呟いて、思わず息を呑《の》んだ。陽菜さんはまっ白なバスローブを羽織り、長い髪を片側にまとめてタオルで巻いていた。いつもは白い肌が、うっすらと桜の色になっている。たっぷり五秒くらい凝視してしまっていたことに僕は気づき、慌てて目をそらす。陽菜さんは気にするふうでもなく、テーブルに並べられたホットスナック群に「きゃーっ！」と歓喜の声を上げる。

「いただきますっ！」

三人で、手と声を合わせた。

「焼きそばうまっ！」

「たこ焼きうまっ！」

「カレーうまっ！」

それぞれに声を上げる。それは本当に、信じられないくらいに美味《おい》しい。僕たちはホットスナックの箱をぐるぐると回し、全部の味を皆で分けあう。カレーに唐揚げを入れてチキンカレーにし「うますぎるよ大発明だよ!」とはしゃぎ、二分で作ったカップヌードルで「これ超アルデンテじゃんお店で食べるよりぜったいおいしい!」とはしゃぐ。

食後はカラオケ大会をして、その後は枕投げ大会をする。枕やクッションを全力で投げつけ合う。外れても当たっても当てられても、全部が嬉《うれ》しい。嬉しすぎて楽しすぎて、なぜだか泣いてしまいそうになる。

——もしも神さまがいるならば、と、枕を投げながら僕は思う。

お願いです。

もう十分です。

もう大丈夫です。

僕たちは、なんとかやっていけます。

だから、これ以上僕たちになにも足さず、僕たちからなにも引かないでください。

——枕は陽菜さんの顔に当たり、彼女の仕返しが僕の顔にまっすぐに当たる。

神さま、どうか、どうか。

——笑い合いながら、生まれてからいちばん真剣に、僕はそう祈っている。

僕たちを、もうすこしだけこのままでいさせてください。

枕元のデジタル時計が、〇時になった瞬間にちいさな電子音を立てた。

さんざんはしゃいで、凪センパイはいつの間にかベッドの壁際でぐっすりと眠り込んでいる。そのベッドはとても広々としていて、僕と陽菜さんは並んで仰向《あおむ》けに寝転んでいる。陽菜さんからは僕と同じシャンプーの香りがして、僕はそれだけでなんだか誇らしい気持ちになれてしまっている。部屋の照明は消えていて、ベッドライトの黄色い光だけが薄暗くあたりを照らしている。

雪が雨に戻ったのか、窓の外からはふたたび強い雨音が聞こえてきていた。でもそれはもう、以前のような暴力的な音ではなかった。もっとずっと柔らかくて親密で、まるで僕たちのためだけに奏でられた、遠い太鼓の音色のようだった。遠い場所から長い時間をかけて届く、特別な太鼓だ。その音は僕たちの過去も未来も知っていて、どんな決意も選択も決して責めず、すべての歴史を黙って受け入れてくれるのだ。

生きなさい、とその音は言っていた。生きなさい。生きなさい。ただ、生きなさい。

「陽菜さん」

雨音に背中を押されるように、僕はリングケースを取り出す。

「十八歳のお誕生日、おめでとう」

そう言って、シーツの上にそれを置いた。陽菜さんが驚いた顔で僕を見る。

「安物だけど、陽菜さんに似合いそうなのを探したんだ」

陽菜さんが箱を開ける。ゆっくりと、花が咲くように笑顔になっていく。

「ありがとう……！」

照れくさくて、僕は短く笑う。

「ねえ、帆高はさ」陽菜さんの声が、ふっとかすかに低くなる。

「この雨が止んでほしいって思う？」

「え？」

指輪から顔を上げ、陽菜さんが僕を見る。すこしだけ青みがかったその瞳《ひとみ》の奥で、なにかの感情が揺れている。でもそれがなんなのか分からず、僕は素朴に頷《うなず》く。

「――うん」

その瞬間、まるで空からの返答のように低く雷が鳴った。どこかに落ちたのか、チカチカとベッドライトが瞬く。陽菜さんはゆっくりと僕から目を離し、仰向けになって天井を見る。ああ――僕の心がなにかに気づく。さっき陽菜さんの瞳にあったものは――。

「人柱なんだって、私」

「……え？」

「夏美さんが教えてくれたの。晴れ女の運命。晴れ女が犠牲になってこの世から消えることで、狂った天気は元に戻るんだって」

あれは絶望だったんだと、今になって僕には分かってしまう。

「え……まさか」

僕はぎこちなく笑ってみせる。そんなわけないいじゃないか。でも、後悔だけが胸に満ちてくる。

「いや、あの人たちの話っていつもすげえ適当だし……まさかそんな……消える？　そんなわけ――」

僕の言葉に蓋《ふた》をするみたいに、陽菜さんが体を起こす。彼女は無言でバスローブの帯を解く。ゆっくりと、左腕をバスローブから抜いていく。僕は目をそらすことが出来ない。やがて、陽菜さんの左胸が露出する。

「……！」

胸の向こうに、ベッドライトが透けていた。

その半身は、透明だった。

左肩から胸にかけてが水のように透けていて、ベッドライトが体の内側で反射し、皮膚を内側からうっすらと光らせていた。僕はただ呆然《ぼうぜん》と、その体を見つめていた。

「……帆高」

やがて陽菜さんが口を開いた。僕はようやく彼女の体から視線を外し、陽菜さんの顔を見た。泣き出しそうな顔が、ふいに柔らかな笑顔になる。

「どこ見てんのよ？」

「どこも見て——！」

僕は反射的に言う——でも、だめだ。俺が泣いちゃだめだ。だめなのに——。

「——陽菜さんを見てる……」

目が壊れてしまったみたいに、涙が湧き出てくる。僕は両手で必死にぬぐう。涙なんか押し戻してなかったことにしたくて、拳《こぶし》を目に押しつける。

「……どうして君が泣くかな」

陽菜さんが優しく笑う。こんな時まで、君は笑う。僕はますます泣く。

「最初はなんともなかったの。でもある時気づいたの。晴れを願うほどね、体が透明になってくの」

なぜ気づかなかったのか。手のひらを透かして空を見る時の、彼女の表情の哀しさに。それとも本当は気づいていたのに、僕は見ないふりをしていたのか。

「このまま私が死んじゃったらさ……」

とてもとても優しい声で、陽菜さんが言う。

「きっと、いつもの夏が戻ってくるよ。凪をよろしくね」

「イヤだ！」

僕は叫ぶ。

「だめだよ、陽菜さんはいなくならない！　僕たちは三人で暮らすんだ！」

自分の言葉のあまりの幼さに自分で絶望する。でも他に言葉が見つからない。

「帆高……」

陽菜さんが困ったように僕を見る。

「陽菜さん、約束しようよ」

僕は彼女の手を取る。左指の薬指に、そっと指輪をはめる。それは小さな翼の形をした銀色のリングだ。その指も、うっすらと透明になっている。水の中に湧く小さな気泡が、皮膚の下に透けて見えている。

「――」

陽菜さんは薬指の指輪を見つめ、言葉にならない息を吐く。今にも溢《あふ》れ出しそうな瞳で僕を見る。それが幼い言葉だと知りつつも、僕は必死に言う。

「俺が働くから！　ちゃんと生活できるくらい、しっかり稼ぐから！　もう晴れ女をやめたんだから、体だってすぐに元に戻るよ！」

陽菜さんの瞳から、とうとう涙が溢れる。泣かせてしまった罪悪感が僕を襲う。すると突然に、陽菜さんが僕を抱きしめる。

「……！」

僕を慰めるように、陽菜さんは僕の頭を優しく撫《な》でる。僕はもうどうしようもなくて、彼女を抱く腕にひたすらに力を込める。そうすれば彼女をこの場所に留《とど》めることが出来る、そう強く願う。そう信じる。そのはずだと思い込む。世界はちゃんと、そうやって出来ているはずだ。強く望めば、きちんとその通りになるはずだ。

そう思う。そう願う。そう祈る。

陽菜さんは泣きながら僕の頭を撫で続け、遠くで雷がまた鳴った。

第九章　快晴

その夜、僕は夢を見た。

島にいた頃の夢だ。

あの日、父親から殴られた痛みを打ち消すように、自転車のペダルをめちゃくちゃに漕《こ》いでいた。あの日もたしか、島は雨だった。空を分厚い雨雲が流れ、でもその隙間から、幾つも光の筋が伸びていた。この場所から出たくて、あの光に入りたくて、海岸沿いの道を自転車で必死に走った。追いついた！　と思った瞬間、でもそこは海岸の崖端《がけばた》で、陽射しは海のずっと向こうまで流れて行ってしまった。

——あの光の中に行こう。僕はあの時そう決めて——、
そしてその果てに、君がいたんだ。

＊　＊　＊

その夜、私は夢を見た。

初めて君を見た日のこと。

深夜のマクドナルドに一人きりでいた君は、まるで迷子の仔猫《こねこ》みたいだった。でも、私の生きる意味を見つけてくれたのも、迷子だったはずの君だった。

君と出会い、仕事を始め、一つ晴れを作るたびに誰かの笑顔が増えていき、私はそれが嬉《うれ》しくて晴れ女を続けたのだ。それは誰のせいでもなく、私自身の選択だった。たとえ気づいた時には引き返せない場所に来てしまっていたとしても——私は君に会えて、本当に幸せだった。もし君に会えていなかったとしたら、私は今ほど、私自身も世界も愛せていなかった。

君はいまは泣き疲れて、私の隣で眠っている。頬に涙の跡がついている。窓の外からは激しい雨の音と、遠い太鼓のような雷鳴が聞こえてくる。私の左手には小さな指輪がはまっている。君がプレゼントしてくれた人生で最初の——たぶん最後の指輪。私はその左手を、眠っている君の手にそっと重ねる。君の手は夜の太陽のように、優しい温度を持っている。

重ねた手から波が広がるように、やがて不思議な一体感が全身に満ちてくる。私の境界が世界に溶け出していく。奇妙な幸せと切なさが全身に広がっていく。

——いやだ、と、満ちてくる多幸感と同時に私は思う。まだいやだ。私はまだ、君になにも伝えていないのに。ありがとうも、好きも、言えていないのに。広がって薄れていく意識を、私は必死にかき集める。感情と思考をどうにか繋《つな》ぎとめようとする。私は声を出す。喉《のど》の場所を探し、空気がそこをこする感触を思い出そうとする。——ほだか。

「ほだか」

声は小さくかすれていて、部屋の空気をほんのすこししか震わせることが出来ない。

「ほだか、ほだか、だから——」

もう、喉にも感触がない。私がなくなっていく。私は消えていく。私は最後の力をふりしぼって、君の耳に言葉を届けようとする。

「なかないで、ほだか」

「——！」

目を開く。

眠っていた。夢を見ていた。

ゆっくりと、私は体を起こす。あたりはまっ白な霧に覆われている。細い霧雨が、薄い紙をそっとこすり合わせるようなかすかな音であたりに降っている。

……私はなにをしていたんだっけ。

思い出せない。私の中にあるものは、水で薄めたなにかのなごりのようなものだけだ。

さっきから、私の周囲をふわふわと透明な魚が飛んでいる。空の魚たちをぼんやりと眺めながら、ふと、私は気づく。なにかがある。温度を持たない私の体の中で、ほんのすこしだけ温かな場所がある。

それは左手の薬指だ。私は目の前に指を持ってくる。小さな銀色の翼が、薬指にはめられている。

「……ほだか」

と、私の口が動く。

ほだか？　その言葉は、私の全身をほんのすこし温める。

ぽちゃん。

びっくりするくらい大きな音を立てて、雨粒が左手に落ちた。水で出来た私の手は、雨粒を吸い込んでぷるぷると震える。

ぽちゃん、ぽちゃん、ぴちゃん。

次々と雨粒が落ちてくる。私の輪郭は震え続ける。全身に波紋が広がり、波紋は波紋とぶつかり、もっとたくさんの波紋が出来る。こんなにたくさんの波紋に揺られたら私の体が崩れてしまう。不安が大きくなっていく。

その時、雨粒の一つが薬指に落ちた。押し出されるように、指輪が水の指をすり抜ける。

「ああっ！」

落ちた指輪を、とっさに右手で摑《つか》む。

「──っ！」

しかし、指輪は右手もすり抜けてしまう。そのまま地面に吸い込まれて消えていく。絶望が迫《せ》り上がり、私はいっとき、君のことを強く思い出す。ふたたび感情が色づく。しかしその感情も、すーっと溶けるように褪《あ》せていく。ただ薄い悲しみだけが後には残る。

もうなにが悲しいのかも分からず、私はただ泣く。ただただ泣き続ける。魚たちは無言で私の周囲を舞い続けている。

やがて雨が止み、霧が晴れていく。

私はいちめんの草原にいる。頭上には、これ以上ないくらいに澄み切った青空。さざめく草原が、眩《まぶ》しい太陽に輝いている。

地上からは決して見えない雲の上の草原に、私はいる。私は青であり白であり、私は風であり水である。世界の一部になった私には喜びも悲しみもなく、ただ、ただ、そういう現象のように、涙を流し続けている。

＊　＊　＊

弾《はじ》かれたように、僕は目を覚ました。

心臓がでたらめに跳ねている。こめかみが破れそうなくらい脈打っている。全身から汗が噴き出ている。流れる血の音が、濁流のように耳の中で渦巻いている。

目の上にあるのは見知らぬ天井だ。――どこだ？　考えているうちに次第に血の音が弱まっていき、僕の耳は別の音を捉《とら》え始める。

スズメのさえずり。車の音。うっすらとした人々の声。

朝の街の音だ。

――陽菜さん。

突然にすべてを思い出す。隣で眠っているはずの陽菜さんを、僕は見る。

「……！」

バスローブだけが、まるで抜け殻のようにそこにはあった。陽菜さんは消えていた。

「……陽菜さん！　どこ、陽菜さんっ！」

僕は飛び起きる。洗面所を見て、浴室を覗《のぞ》き、クローゼットまで開けた。陽菜さんはどこにもいない。

「……帆高、どうしたの？」

目を覚ました凪センパイが、目をこすりながら不安そうな声で言う。

「陽菜さんがいないんだ、どこにも！」

「えっ⁉」

センパイの驚いた表情が、ふいに切なそうに歪《ゆが》んでいく。

「……俺、さっきまで夢を見てたんだ」

「え？」

「晴れを祈っている姉ちゃんの体が宙に浮かんで――空に消えていく夢だった……」

僕は息を呑《の》む。廃ビルの鳥居から空に昇っていく陽菜さんの姿が、まるで見てきたように脳裡《のうり》に浮かんだ。そういえば、僕も同じ夢を――。

ドンドン！

突然、入り口のドアから乱暴なノックが響いた。

「開けて！　開けなさい！」

男の低い声が大声で言う。この声って——必死に思い出そうとすると、ガチャン！と鍵《かぎ》の開く音がして、ドアが開いた。

靴のまま踏み込んできたのは、警察官だった。男の制服警官と、女性警官と、スーツ姿でリーゼントの大柄な男。

「森嶋帆高くんだね」

リーゼントが僕の目の前に立ち、冷ややかな目で警察手帳を掲げた。

「知っていると思うが、君には行方不明者届が出ている。さらには銃器・爆発物不法所持の疑いもある。署までご同行願える？」

僕は返事が出来ない。逃げ場もない。と、センパイの大声が響いた。

「——離せよ、ちょっと離せって！」

「大丈夫だから、ほら、一緒に行きましょう」

女性警官が、ベッドの上を逃げ回るセンパイを捕まえたところだった。

「センパイ！」

助けようと駆け出すと、腕に激痛が走り、顔をベッドに押しつけられた。

「大人しくしなさい」と、頭上で不機嫌そうな声が言う。リーゼントの刑事が僕の腕

を背中にねじり上げたのだ。

引き立てられるようにホテルから出ると、目が眩《くら》んだ。

眩しい太陽に、街はくっきりと照らされていた。日向《ひなた》は露出に失敗した写真のように

まっ白に光っていて、日陰はぽっかりと空いた穴のようにどこまでも暗く濃かった。

頭上には、雲ひとつない真っ青な空が広がっていた。その青はあまりにも青すぎて、

まるで作りもののように見えた。贋物《にせもの》みたいな青空だった。太陽の眩しさは暴力的に

僕の眼を刺し、じんじんとした痛みとともにひっきりなしに涙が滲《にじ》んでくる。そこら

じゅうで、セミが狂ったように鳴いていた。大勢から一斉に責めたてられているよう

だった。

「ほら、歩いて」

リーゼントが振り返って言う。制服警官が、僕の後ろにぴったりと貼りついている。

押し出されるようにしてアスファルトに出ると、足首まで水に浸《つ》かった。あたりの道

路は一面に冠水していた。街全体に巨大な水たまりが出来ていた。

「都心から水が引くまで、まだ数日はかかるそうだよ」

と、背中の制服警官が心なしか優しげな声で言う。

「電車は全線止まってるし東京中が大混乱だけど、やっぱり青空はいいよね。三ヵ月ぶりに関東全域が晴れているそうだよ」

僕は目の痛みをこらえて、青空を睨《にら》みつける。一点の染みもない青の中に、彼女の気配を探す。そんなはずはないという気持ちと、分かっていたはずじゃないかという気持ちが、頭の中でぐるぐると渦巻いている。

「はやく来なさい！」

パトカーの脇に立ったリーゼントが叱りつけるような声を出す。

「――！」

その時、頭上でなにかが光った。僕は目を凝らす。また光った。なにか小さな欠片《かけら》が――ぽちゃん、と小さな飛沫《しぶき》を立て、僕の足元に落ちた。僕はしゃがみ込み、水の中に手を入れる。

「ちょっと、なにしてるの？」

リーゼントの苛立《いらだ》った声。

「……ああっ！」

全身がぞくりと粟立《あわだ》った。それは指輪だった。いま空から落ちてきたものは、僕が陽菜さんの薬指にはめたはずの、小さな銀色の翼だった。

陽菜さんが、人柱に――？

「陽菜さんっ、嘘だろ⁉」

僕は思わず立ち上がる。おい！　と制服警官が肩を摑《つか》む。僕は構わず駆け出す。両腕を警官に羽交い締めにされる。もがきながら、空に向かって全身で叫ぶ。

「陽菜さん、戻ってきて！　陽菜さん、陽菜さんーっ！」

でも青空はすこしも震えることなく、僕の声を透明に吸い込んでしまう。


「……さて」

大きな溜息《ためいき》をついてから、隣に座ったリーゼントが面倒くさそうな声を出した。

「ちょっとは落ちついてきた？」

僕の乗せられたパトカーは、冠水した道路をゆっくりと走っている。

「詳しい話は署で聴かせてもらうとして、君に最初に確認しておきたいんだけどね」

僕は俯《うつむ》いたまま返事をしない。リーゼントは構わずに続ける。

「君と一緒にいて昨夜失踪《しっそう》した少女は天野陽菜、十五歳で間違いないね？」

「え……？」

思わず顔を上げた。リーゼントを見ると、興味もなさそうに僕を見下ろしている。

「行き先に心当たりは？」

「陽菜さんが十五歳……？　十八歳じゃなくて？」

リーゼントは眉《まゆ》をすこし上げる。

「彼女はバイト先に年齢を偽った履歴書を出していた。生活のためだろうが、天野陽菜はまだ中学三年生、義務教育が必要な年齢だよ。……君は知らなかったのか？」

「なんだよ……」声が勝手に漏れる。「俺が一番年上じゃねえか……」

リーゼントの舌打ちが聞こえ、自分が涙を流していることに僕は気づく。

「あのさあ」苛立ちを隠さずに刑事が言う。「行き先の心当たりを訊《き》いてるんだけどね」

ふいに、胸の内側が燃えるように熱くなる。これは――怒りだ。猛然と腹が立ってくる。

「陽菜さんは……」僕はリーゼントを睨みつける。

「陽菜さんと引き換えに、この空は晴れたんだ！　それなのに皆なにも知らないで、馬鹿みたいに喜んで……！」

また涙が迫《せ》り上がってくる。僕はずっと泣いてばかりいる。それが情けなくて、僕は思わず膝《ひざ》を抱える。

「こんなのってないよ……」

口から漏れた言葉もまるきり子どもの駄々のようで、僕はますます泣けてくる。

「面倒だな……」「鑑定医、要りますかね?」

刑事たちが小声で囁《ささや》きあっている。パトカーの窓の外を、陽射しを浴びた街がぎらぎらと輝きながら流れていく。

＊　＊　＊

脈にあわせて、頭がずきずきと痛む。

このところ、一晩寝ても酒が上手《うま》く抜けなくなった。起きたばかりなのに、体はもうぐったりと疲れている。おまけに窓の外が眩《まぶ》しくて、目の焦点が上手く合わない。

それでも、俺はテレビから目を離せずにいる。目をこすりながらもチャンネルを次々と変えていく。報道レポーターのくせに、どいつもこいつも弾んだ声を出している。

『数ヵ月ぶりでしょうか、まばゆい陽の光に、関東平野は包まれています!』

光と影にくっきりと塗り分けられた、まるで墓石のような都心のビル群がテレビに映っている。別のチャンネルでは、水の溜《た》まった道路を子どもたちが駆け回っている。

『昨夜の豪雨が嘘のようです。気温は朝八時の時点で二十五度を超え――』

『荒川の河川域を中心に、多くの地域が浸水しています。水深十センチ程度の場所から、低地部では五十センチ近くに達する地域もあり――』

『都内のＪＲ・私鉄全線は運休中で、現在復旧作業が行われています。昨夜の被害の全容はまだ明らかではありませんが、交通インフラの回復にはすくなくとも数日はかかる見込みで――』

『それでも、久しぶりの澄み切った青空に、人々の表情は明るいようです！』

確かに、街を歩く人々は皆一様に笑顔だ。天気ひとつで人の気持ちはこうも変わるのかと、俺はぼんやりと人ごとのように思う。俺はといえば――なぜだろう、たいして嬉《うれ》しくはない。そんなつもりもなかったのに虫を踏みつけて殺してしまった時のような、妙な後味の悪さがさっきから胸のなかにある。なあ、お前もそうじゃないか？

――そう訊いてみたいのに、夏美はいつの間にか出かけてしまっていた。

俺は大きく溜息をついてみる。理由のないことを考え続け、知らない人間のはしゃいだ声を聞いていても仕方がない。テレビのスイッチを切る。立ち上がり、窓の前に立ってみる。窓の外には、水槽のように水が溜まっている。半地下にある事務所の窓と、外のコンクリートの壁との隙間に、雨水が一メートルほども溜まっているのだ。薄いサッシの窓には何ヶ所かヒビが入っていて、水がちょろちょろと染み出てきている。

なにを考えるでもなく、俺は窓枠に指をかけた。水圧のかかった窓は動かない。すこし力を込める。——と、突然ガラスが割れ、水が事務所に流れ込んできた。水流は窓際に積んであった本を崩し、書類を部屋の奥まで押し流していく。俺は呆然《ぼうぜん》とそれを眺める。事務所じゅうの床が足首あたりまで浸《つ》かったところで、水はようやく止まった。

『パパ、お外見た⁉』

着信を取ると、萌花からだった。小さな子どもの声というのは命そのもののようだと、耳にするたびに俺は思う。

『すごいお天気だね！　ね、私また公園に行きたいな！』

嬉しそうな声が耳元で弾《はじ》ける。世の中の全てのものが自分のために用意されていると信じ、自分が笑う時は世界も一緒になって笑っていると疑わず、自分が泣く時には世界が自分だけを苦しめていると思っている。なんて幸福な時代なのだろう。俺はいつ、その時代をなくしたのだろう。あいつは――帆高は今でも、その時代にいるのだろうか。

「――ああ」と俺は返事をする。「パパ、公園、今日でもいいぜ。萌花からお祖母《ばあ》ちゃんに頼んでみろよ」

『うん！　あ、ねえパパ、私昨日ね、すごい夢見たの！』

「ん？　どんな？」

言いながら、両腕の表面にぞわりと悪寒が走る。――気づかぬようにしていたのに。

『陽菜ちゃんが晴れを祈ってくれた夢！』

やっぱり――と、俺は諦《あきら》めたように思い出す。そうだ、俺も夢に見たのだ。鳥居のあるビルの屋上から、晴れ女が空に昇っていく光景を。そして俺はふと思う。ひょっとしたら、東京中の人間が同じ夢を見たのではないか。皆が心のどこかで、この青空はどこかの誰かと引き換えだったのだと知っているのではないだろうか。

「……そうだね。そうかもしれない」

俺はかすれた声で言いながら、そんなわけはない、と、ボールペンで強く書きつけるように頭の中で思う。

＊　＊　＊

パトカーが到着したのは、池袋駅のすぐ近くにある警察署だった。

引きずり出されるようにして車から降ろされ、前後を警官に挟まれたままに署内を歩き、連れてこられたのは狭い間隔でドアの並ぶ薄暗い通路だった。ドア横のプレートには「取調室」と書かれている。

「……あの、刑事さん」

僕は思いきって声を上げた。

「……なに？」

リーゼントが振り返り、冷ややかな目で僕を見下ろす。僕は意識して息を吸う。パトカーの中で考えた言葉を、思い切って口に出す。

「陽菜さんを——探しに行かせて欲しいんです。俺、今までずっとあの人に助けられてきて、今度は俺が助ける番なんです。見つけたら、ちゃんとここに戻ってきます。約束しますから——」

「話はさあ」

——ミリも表情を変えずにリーゼントは言い、目の前のドアを開ける。

「中で聞くから。ほら！」

　手のひらで背中を押されて思わず踏み込むと、そこはドラマで見るような狭い取調室だった。小さな机と電気スタンド、そこに向かい合ったパイプ椅子。僕の背中で、刑事たちが小さな声で話している。

「安井《やすい》さんは？」「山吹町の方を洗ってます」「こっちはこれから取り調べだと伝えておいてくれ」「了解しました」

　とっさに、僕は決意を固めた。

　頭をかがめ、ドアと警官の隙間をすり抜けて部屋を出る。来た方向に全力で走る。

「な……！　おい、待て！」

　すこし遅れて、背中で怒号が聞こえる。僕は振り返らず、階段を思いきり飛び降りる。踊り場に手をついて着地し、その勢いで一階に駆け下りる。

「そのガキを捕まえろ！」

　何人かが驚いた顔で僕を見る。署内は狭く、目の前のロビーを抜ければすぐに出口だ。

「止まりなさい！」

　木刀を持った守衛が出口の脇から突然躍り出てきて、避《よ》けようとした瞬間に足が滑った。

「うわあああっ！」

転んだ僕はしかしスライディングの格好になり、偶然にも守衛の脚の間をくぐり抜けてしまう。急いで立ち上がり、車にも構わず車道に飛び出る。幾つものクラクションが鳴り響き、左折してきたトラックから「馬鹿野郎！」と怒鳴り声が飛ぶ。構わずに振り返らずに、僕はがむしゃらに走る。走りながらマジか！　と僕は自分で驚いている。奇跡だ。警察署から逃げ出せてしまった。でもこのままじゃすぐに捕まる。なにか足が要る。

通りの角に、自転車が置いてあるのが目に入る。僕はそれに飛びつく。スタンドを蹴《け》り上げ走り出そうとした瞬間、がくん！　と引っかかった。車輪とガードレールがキーワイヤーで繋《つな》がれている。

「くそっ！」

僕は焦る。来た道を振り返ると、リーゼントがものすごい形相で迫ってきている。僕は慌ててあたりを見回す。道の両脇からも、僕を挟み込むように制服警官たちが駆け寄ってくる。その時だった。

「帆高くん！」

驚いて声の方向を見ると、黄色いスカーフをなびかせた女性が、ピンク色のカブで疾走してくる。

「な――！」

夏美さんだった。僕の目の前に突っこむように停車して、困惑気味に叫ぶ。

「君、いったいなにしてんの!?」

「俺、陽菜さんのところに――！」

夏美さんの目が驚きに見開き、それから――僕の見間違いでなければ、ふいに嬉しそうに口角が上がった。

「乗って！」

「待て貴様ら！」

刑事の目の前で、バイクは僕を乗せて急発進した。

「クソガキがぁっ！」

リーゼントの罵声《ばせい》が背中で遠のいていく。夏美さんは狭い路地に飛び込む。あちこちが冠水していて、カブは水しぶきを派手に立てて走る。ずきずきと目に痛かったはずの太陽も、気づけば見慣れた明るさになっている。

「夏美さん、どうして――」

荒い運転に振り落とされないようにしがみつきながら僕は訊《き》く。夏美さんは前を向いたまま答える。

「凪くんから電話があったの！　陽菜ちゃんがいなくなって、君が警察に連れていかれたって！」

「センパイは⁉」

「児童相談所で保護されてるって」

その時、パトカーのサイレンが耳に届いた。背後から近づいてくるように聞こえる。

「これってまさか、俺たちを――」

「ウケる！」夏美さんがやけくそのように笑う。ヘルメットに載っていたゴーグルを装着し、「こりゃあお尋ね者だねえ、私たち！」と言ってアクセルをさらにふかす。

「さあ君っ、どこに行くっ？」

やけにはしゃいだ声で僕にそう訊く。気温がぐんぐん上がっている。盛大なセミの声をかきわけて、パトカーの尖《とが》った響きが近づいてくる。視界のずっと先では、新宿の高層ビル群が水に映ったように揺れている。

＊　＊　＊

そこは大きな公園の隣にあって、想像していたよりも普通の建物だった。

受付で来訪理由を伝えると、「こちらに住所と氏名を書いてください」と訪問者名簿を渡された。見ると、すぐ上に「佐倉《さくら》カナ」という名前が書いてある。あいつめーと私は思う。人の苗字《みょうじ》を勝手に使っちゃって。私は仕返しに「花澤《はなざわ》アヤネ」と書き、住所もでたらめに記入した。

「彼は人気者なんだねえ」と、受付の白髪のオジさんが感心したように言う。「来たばかりだってのに、君で面会は二人目ですよ」

「え、そうなんですか？」

私はにっこりと笑ってお辞儀をし、頬に垂れた髪を耳にかき上げる。ロングヘアなんて、まったく鬱陶《うっとう》しいったらない。人の好《よ》さそうなオジさんは、笑顔で「行ってらっしゃい」と声をかけてくれた。

「アヤネ！　来てくれたのっ？」

面接室、と書かれた扉を開けると、凪くんが笑顔で出迎えてくれた。

その明るさがいつもと変わらなくて、私はホッとする。そうだ、凪くんならばどんな時も大丈夫。彼は誰よりも苦労人なくせに、誰よりも優しくて、そして誰よりも頭が良い。それを一番良く知っているのは、私だ。凪くんの向かいにはカナがちょこんと座っていて、ちらりと私を睨《にら》んでからわざとらしく笑顔を作った。私も唇の端を持ち上げて笑ってあげる。凪くんがてきぱきと、初対面の私たちをそれぞれに紹介してくれる。

「カナ、こちらアヤネさん。アヤネ、こちらカナちゃん」

知ってる。私たちはバス停で、何度かニアミスをしたことがある。ふわりとしたロングヘアの花澤カナは、私よりひとつ下の小学四年生。いまいましいことに凪くんの今カノだ。しかしここは年上の余裕を見せなければと、「よろしくね」と私はにこやかに振る舞う。こちらこそ、とカナがしおらしく頭を下げる。次に凪くんは、さっきから無表情に壁の端に座っている大人を手で示す。想像していたよりも若いお姉さんで、でも太い眉《まゆ》がいかにも頑固そう。なるほど、この人が——。

「こちら、婦警の佐々木《ささき》さん。この人が俺をここまで連れて来てくれたんだ。今日一日、ずっと付き添っててくれるんだって！」

「え～っ、すご～い、凪くんＶＩＰみた～いっ！」

私は女性警官への敵意を声にこっそりと包み込み、ことさらに高い声を出す。

「よろしくお願いしま〜す！」

せーのでカナと声を合わせて頭を下げると、女性警官は無言で会釈を返した。愛想のないおばさん。

「二人とも今日は本当にありがとう！　急なことでびっくりさせちゃったよね」

子ども用の椅子に座った凪くんが言う。そこは小さな部屋で、本棚には図書館で見かけるような絵本が並び、積み木やブロックなんかのオモチャも置いてある。壁には「みんなで守る子どもの未来」という大きなポスターが貼られている。

ほんとだよ！　と私たちは声を揃える。

「補導されたなんて、驚いて心臓が止まるかと思った！」と私が言うと、

「ほんとほんと！　私の心臓、今もすっごくドキドキしてるもん。凪くん、ちょっと触って確かめてみてよ！」とカナが身を乗りだす。

胸を触って確かめろですって⁉　この女、攻めて来やがった。私たちを見張っていた女性警官がぎょっと驚いた顔をする。

「あ〜らほんとだ！」

私はすかさず、カナの胸をがしっと摑《つか》む。

カナがむっとした顔で私を睨み、凪くんははははっと爽《さわ》やかに笑う。女性警官は私

たちのソーシャルライフを戸惑い気味に眺めている。そしてカナの胸は、確かにとくとくと高鳴っている。この子も緊張しているのだ。

ふいに凪くんがカナに向かって素早くウィンクをして、カナが小さく頷《うなず》いた。合図だ。カナがおもむろに歩き出し、警官の前に立つ。

「あ、あの～」

もじもじと言いよどむカナに、警官は怪訝《けげん》な目を向ける。

「……どうしました?」

「ええとぉ～……わたし、こういう訪問って初めてでぇ、緊張しちゃってぇ……」

「はあ」

「あの～……おトイレに……」

「ああ!」そういうことねと、警官の顔が安心したようにほころぶ。「はいはい、こっちですよ」

ガチャン、とドアが閉まる。部屋には私と凪くんの二人だけだ。――ついに!

私たちはそろって椅子から立ち上がる。服を脱ぎ始める。

「悪い、恩に着るよ!」パーカーを脱いだ凪くんの顔には、いつもの微笑がない。彼も焦っているのだ。

「まったく、なにやってんのよ。元カノを都合良く呼び出してくれちゃってさ！」

私は言いながら肩に掛けたショールを脱ぎ、ロングヘアのカツラを外す。私の自毛は凪くんと同じくらいのショートカットだ。

「巻き込んじゃってごめん。でも、アヤネにしか頼れなかったんだ」

分かってる。本当は連絡をもらえて、私は嬉《うれ》しかったのだ。

「ほら！」照れを誤魔化すように、私は不機嫌な顔を作って凪くんにカツラを手渡す。

ワンピースのベルトを外す。

「あっち向いててよ、これも脱ぐから！」

どうか凪くんの救出計画が上手《うま》くいきますように。神さまにそう願いながら、私はワンピースを脱いだ。

＊　＊　＊

こいつ、いつの間にかずいぶん重くなったな。

脇に抱えたアメは無抵抗で、安心しきったようにぐんにゃりと力を抜いている。俺は片手で事務所のドアを開けようとする。溜《た》まった水の抵抗でドアは重く、俺は肩を押しつけるようにして開ける。鬱陶しいくらいのセミの声と、灼《や》けるような陽が射し込んでくる。

「——須賀圭介さん。昨夜はどうも」

狭い外階段を登る途中で、頭上から声がした。見上げると、昨夜事務所に来た刑事だった。

「……またですか」

俺はこれみよがしに大きなため息をつく。

「いやあ、やっと本来の夏が戻ってきましたなあ」

俺の当てつけにも動じず、安井という名だったか、その壮年の刑事はハンカチでごま塩頭の汗を拭《ぬぐ》う。後ろには若い制服警官が無言で立っている。

「俺の知ってることは、昨日全部話しましたよ」

そう言いながら俺はアメをアスファルトに下ろす。なに？　という顔でアメは俺を見上げる。もう飼い主はいないんだから、どこへでも好きな場所に行けよ。俺は目でそう言う。

「ちょっと、事務所見せてもらえません？」

安井刑事はそう言って、警官と連れだって俺の脇を通って階段を降りていく。「あ

ら ぁ水浸し。お気の毒だなあ」などと、たいして同情しているふうでもなく呟《つぶや》いている。

「ちょっとちょっと！　勝手なことしないでくださいよ、誰もいませんよ！」

俺の言葉に、刑事たちは玄関の前で足を止める。

「いやあ、ちょっとお恥ずかしい話なんですけどねえ――」

安井刑事はそう前置きして、試すように俺の顔を見る。

「お訊《たず》ねした例の家出少年はですね、今朝になって見つかったんです。で、保護をして署に来てもらったんですけどね。そしたら実は――」

俺は感情を飲み込む。無関心と無表情を装う。じらすようにたっぷりと間をあけて、刑事は困ったような顔で言う。

「逃げ出しちゃったんですよね、彼、警察署から。こりゃ前代未聞ですよ」

「……！」

今も無表情を保てているのか、俺にはもう自信がない。にゃあ、と、心配そうにアメが鳴いた。

＊　＊　＊

「代々木の廃ビル⁉」

私は背中の帆高くんに訊《き》き返した。姿こそ見えないけれど、パトカーのサイレンは近づいたり遠ざかったりしながら途切れずに聞こえ続けている。

「うん、陽菜さんはそこで晴れ女になったって言ってた！　あそこで空と繋《つな》がっちゃったんだって！」

「……！」

帆高くんのその言葉に、忘れかけていた昨夜の記憶が頭をもたげた。陽菜ちゃんが祈りながら空に昇っていく夢を、そういえば私は見たのだ。あの場所が代々木ならば、ここからさほど遠くはない。

「だからあの場所にいけば、きっと――」

「伏せて！」

とっさに頭を下げながら、私は叫んだ。

「うわあっ！」

倒れた電柱が路地を塞《ふさ》いでいて、カブはその下をぎりぎりですり抜けた。道路には昨夜の豪雨の痕跡《こんせき》がいたるところに散乱している。道を塞ぐ建材、散らばった枝や倒木や看板、乗り捨てられた無人の車。障害物を避《よ》けながら裏道を走り続けるうちに、目の前には大通りが近づいてくる。突然、パトカーの音が大きくなる。

「しまった！」

飛び込んだ四車線道路の真後ろに、サイレンを鳴らすパトカーがいた。パトカーにぴったりとお尻《しり》を追われる格好になってしまう。

『そこのカブ、止まりなさい！』

ドスの効いた声で、パトカーのメガホンが怒鳴る。そんなこと言われたって今さら止まれるわけがない。「あの刑事だ！」と帆高くんが言う。大きな交差点が近づいてくる。あれは目白駅の角だ。確かあのあたりに——

「つかまって！」

背中に向かって叫ぶと同時に、私は思いきりアクセルをふかす。車線を斜めに突っ切って、交差点を右折してくるトラックの鼻先に私たちは飛び込んでいく。

「うわあああ！」

帆高くんが悲鳴を上げる。トラックをぎりぎりでかすめ、ビルの隙間にある細い階段にカブは飛び込む。一瞬車体が宙に浮く。ガシャン！　とサスペンションを効かせてカブは踊り場に着地し、その勢いでがたがたと階段を駆け下りる。呆気《あっけ》にとられた通行人の顔が視界をよぎる。そのまま線路沿いの狭い一通道路に躍り出る。

「ちょっヤッバねえ私スゴくない⁉」

まるで飛行機から飛び降りたような興奮に突き上げられて、私は叫ぶ。アドレナリンが出まくっている。無性に笑えてくる。帆高くんは私のお腹にしがみついたまま、

「ちょっと夏美さん⁉」と怯《おび》えたような声を上げる。パトカーのサイレンはぐんぐん遠ざかっていく。私は笑いながら言う。

「ヤッバいスゴすぎちょっと楽しいっ、私こういうの向いてるかもっ！」

その瞬間、ものすごい名案が私の頭にひらめく。

「──私っ！」

そうだ、これが私の職業適性だったんだ！

「白バイ隊員になろうかしらーっ！」

帆高くんが泣きそうな声で叫ぶ。

「もう雇ってくれませんよぉ！」

あ、そりゃそうか。

まあ就活のことはいまはいいや。

行くわよ代々木！　私は気を取り直して、ハンドルをぎゅっと握った。

＊　＊　＊

「少年が逃げ出したその理由がですね、どうも一緒にいた女の子を探しとるんじゃないかと」

俺はバーカウンターの脇にもたれて、安井刑事が事務所のあちこちに目をやる様子を睨《にら》んでいる。誰もいない事務所を見せればさっさと帰ってくれるかと期待したのだが、この中年男にはその様子もない。

「妙な話なんですがね――」と、刑事は窓を見上げる。「少年が言うには、この天気と引き換えに、少女は消えたとか」

ははっ、と俺は笑い声を作る。

「なんすかそれ？　警察がそんなことを――」

「いやまあ、信じちゃいませんがね」

刑事も笑い声で言う。柱に手をつき、なにかをじっと見つめる。あの柱は――。

「ただまあ、彼はまさにいま人生を棒に振っちゃってるわけでして」

刑事はしゃがみ込む。目を細めて柱を見ている。

「そこまでして会いたい子がいるってのは、私なんかにゃ、なんだか羨《うらや》ましい気もしますな」

あの柱に刻まれているのは、三歳までここで育った萌花の身長だ。明日花の文字もある。文字も記憶も、まるで数日前のような鮮やかさでそこにある。

「そんな話、俺にされても……」

俺は憮《ぶ》然《ぜん》と刑事に言う。そこまでして会いたい人。帆高にはいるのか。俺にはどうか。全部を放り投げてまで会いたい人。世の中全部からお前は間違えていると嗤《わら》われたとしても、会いたい誰か。

「――須賀さん、あなた」

刑事がぼそりと言う。俺にも、かつてはいたのだ。明日花。もしも、もう一度君に会えるのだとしたら、俺はどうする？　俺もきっと――。

「大丈夫ですか？」

刑事が立ち上がって言う。なんだか不思議そうな表情で、俺の顔を見つめている。

「はあ？　なにがです？」

「いや、あなた今、泣いてますよ」

自分の目から涙が垂れていることに、俺は言われてからようやく気づく。

＊　＊　＊

停車したままの無人の電車の窓が、太陽をぎらぎらと反射しながら後ろに流れていく。気づけばパトカーのサイレンが、姿は見えずともふたたび聞こえはじめている。久しぶりの真夏日に、ヘルメットの中がむんむんと熱い。背中の帆高くんの体温も熱い。でも私の頭の中は、高原の風をあびているかのようにきんと冴《さ》えている。警察署から逃げ出した男の子をバイクに乗せ、パトカーと馬鹿みたいなカーチェイスを繰り広げて、向かう先は廃ビル。陽菜ちゃんを救うために犯罪を犯しているくせに（そう、さっきから私たちがやっているのは完璧《かんぺき》に犯罪行為だ）、その根拠はただの夢。我ながら笑えてくる。でも——。

湿って重くなった衣服を全部脱ぎ捨てたみたいに、いま私はすごくすっきりとしている。就活も法律も関係ない。私は絶対に正しいことをやっている。私は疑いなく正義の側に立っている。物語の主役の側に立っている。こんなふうに迷いなく思えているのは何年ぶりだろう。

「——夏美さん、あれ！」

背中で帆高くんが叫ぶ。

「……！」

私たちが走っている緩い下り坂のその先が、大きな池のように水没している。

私は周囲に目を走らせる。線路沿いのこの道は一本道だ。見たところ池の幅はせいぜい十メートルで、その先はふたたび道路が続いている。サイレンの音はどんどん近づいてきている。——行ける。行くしかない。

「突っこむよ！」

「ええっ⁉」

叫ぶと同時に、私は思いきりアクセルをふかした。水面がぐんぐん近づいてくる。池の突端で私はハンドルを軽く持ち上げる。路面の抵抗がふっと消える。

「うわあああっ⁉」

帆高くんの悲鳴をからかうみたいに、カブは水面を走っていく。水しぶきがきらきらと舞う。すぐそばでカメラが回っている——唐突に、私はそんな気分に襲われる。私たち以外はぜんぶ脇役。世界のすべては私のために用意されている。私は世界の真ん中に立っていて、私が輝く時は世界が輝く時だ。対岸のアスファルトまではあとすこし——ああ、世界はなんて美しいんだろう——。

がくんと、しかし水の抵抗がタイヤを止める。カブは水を滑りながらも、ぶくぶくと泡を吐いて沈んでいく。

「──ここまでだ！」

私はくっきりと帆高くんに言う。私の役割はここまでだ。本当は飛び込む前から分かっていたのだ。──でも。

「帆高くん、行って！」

「うん！」

帆高くんはカブの荷台を足場にして、水没しているトラックの屋根に手をかける。カブを蹴《け》り、その勢いでトラックの屋根に登る。私のカブは完全に水に沈む。私はバイクから降りる。水は腰ほどの高さだ。

帆高くんは躊躇《ちゅうちょ》せずに有刺鉄線をよじ登る。

「ありがとう、夏美さん！」

一瞬だけ私の目を見てそう言ってから、少年は線路に飛び降り、まっすぐに駆け出す。私は息を大きく吸って、めいっぱいの声で叫ぶ。

「帆高っ、走れーっ！」

彼はもうちらりとも私を見ない。どんどん遠ざかっていく。私の口元は笑っている。

パトカーのサイレンがすぐそこまで迫っている。

——私はここまでだよ、少年。

私は胸の中で、もう一度そう言う。

私の少女時代は、私のアドレセンスは、私のモラトリアムはここまでだ。

少年、私はいっちょ先に大人になっておくからね。君や陽菜ちゃんがどうしようもなく憧《あこが》れてしまうような大人に。早くああなりたいって思えるような大人に。とびきり素敵な、圭ちゃんなんて目じゃない、まだ誰も見たこともないようなスーパーな大人に。

遠ざかっていく思春期の背中を見つめながら、晴ればれとした気持ちで私は祈る。

だからちゃんと、君たちは無事に帰ってくるんだよ。

第十章　愛にできることはまだ

電車も走っておらず、誰もいない線路は、まるで茶色く錆《さ》びた砂丘を思わせた。

密集した建物の中でここだけが小高い丘になっていて、広々としたその敷地には四本のレールがまっすぐに並び、そのずっと先には、新宿のビル群がまるで別の世界から染み出た景色のように陽炎《かげろう》に揺れていた。

その砂丘を、僕はひたすらに走る。

贋物《にせもの》みたいな青空と、その空を支える白い柱のような巨大な積乱雲が、僕を冷たく見下ろしている。

陽菜さん。

陽菜さん、陽菜さん、陽菜さん。

僕は快晴の空を睨《にら》む。

陽菜さん、君はそこにいるの？

「ねえ、帆高」

あの時君は、なにかが始まりそうなとびきりの笑顔でこう言ったのだ。

「今から晴れるよ」

あの時僕は、きらきら光る天気雨の中で、君からなにかを受け取ったのだ。

「あげる。内緒ね」

あの日の夜の、だんとつに美味《おい》しかったハンバーガー。君の部屋での、即席のポテチャーハン。

「年下かあ。私、来月で十八！」

君はずっとお姉さんぶって。僕はずっとそれに甘えて。

「ねえ、東京に来て、どう？」

君の問いに、僕は答えた。

「そういえば——もう息苦しくはない」

でもそれは、君に出会えたから。

君が僕に大切なものをくれたから。

「私、好きだな。この仕事。晴れ女の仕事」

夜空に次々と咲く花火。火薬と混じった夜の匂い。東京の匂いと、君の髪の香り。

君はあの日僕を見て、優しい笑顔で言ったのだ。

「だから、ありがとう、帆高」

汗が目に入る。頭が燃えているみたいに熱い。僕はようやく気づく。引き剝《は》がすようにヘルメットを被《かぶ》ったまま走っていたことに、僕はようやく気づく。


君が僕にくれたものは、たとえば希望とか憧れとか絆《きずな》とか、それまでの僕にはなかったものたち。それにもしかしたら、恋。そして、なによりも勇気。君がくれた勇気が、僕をいま走らせている。

やがて線路の先に、ぽっかり浮かんだ桟橋のような駅のプラットホームが見えてくる。ホームに立った作業員が、僕を見て驚いた声を上げる。

「ちょっと君！」

「線路に立ち入らないで！　止まりなさい！」

僕は返事をせずにそのまま駅を駆け抜ける。高田馬場《たかだのばば》駅を過ぎ、新大久保《しんおおくぼ》駅を過ぎると、線路の幅は一気に広くなる。敷地のそこらじゅうに倒木や建築資材などの瓦礫《がれき》が散らばっており、復旧作業員の姿をあちこちに見かけるようになる。僕は彼らに怒鳴られ、警笛を鳴らされる。それでも止まらずに走る。脚はただ前へと駆ける。胸はただ空気を吸って吐く。ただただ、僕は陽菜さんのことを想い続ける。

気づけば、僕は遂《つい》に見慣れた新宿のビル群の中を駆けている。何度もくぐったことのある大ガードの上を僕は走る。線路を独りで走る僕を、たくさんの通行人が見上げている。皆が僕にスマホを向けている。笑っている。嘲《あざけ》っている。

皆、本当は分かっているくせに――と、走りながら僕は思う。

皆、なにかを踏みつけて生きているくせに。誰かの犠牲の上じゃないと生きられないくせに。陽菜さんと引き換えに青空を手に入れたくせに。

そしてそれは、僕も同じだ。

『業務放送、業務放送、山手線ホームに人の立ち入り有り――』

目の前に迫ってきた巨大な要塞《ようさい》のような新宿駅から、構内放送が聞こえてくる。大勢の作業着姿が、復旧作業の手を止めて僕を見る。

『無断横断の一般人と思われます。安全を最優先し、確保は鉄道警察に一任してください――』

――ごめん、ごめん。

胸のなかでそう繰り返しながら、新宿駅の構内を僕は走り抜けていく。幾つものプラットホームと柱と電線が後ろに流れていく。

ごめん、ごめん、陽菜さんごめん。晴れ女なんてやらせて。全部ぜんぶ、君一人に背負わせて。

駅員や作業員が呆《あき》れたように僕を見ている。危ないですよ！　止まりなさい！　声に出すだけで、直接僕に手をかける大人は誰もいない。やがて柱が立ちならぶ薄暗いトンネルに僕は入る。冠水したコンクリートを走るバシャバシャという自分の足音が、切り離された他人のように背中から聞こえてくる。

そしてトンネルを抜けると、雑居ビルの向こうに代々木の廃ビルが見えてくる。

「――ねえ、帆高はさ、」

昨夜のベッドが、もう遠い昔のように思える。指輪から顔を上げ、陽菜さんはまっすぐに僕を見て言ったのだ。

「この雨が止んでほしいって思う？」

そして僕は――。

「……はあっ！　はあ、はあ、はあ……」

廃ビルの前で、僕の足はようやく止まる。胸は酸素を求めて大きく波打ち、全身から吹き出してくる大粒の汗が、足元の水たまりに落ちて次々と波紋を作る。見上げると、屋上の鳥居が陽射しに朱《あか》く光っている。

あの時僕は、なぜうんと言ったのだろう。

なぜ、天気なんてどうだっていいんだと言えなかったんだろう。

晴れでも雨でも、君さえいればそれでいいのだと、なぜ言えなかったのだろう。

ねえ、陽菜さん。

君のために——僕に出来ることはまだあるの？

＊　＊　＊

廃ビルは、昨夜の風雨のせいか大きく崩れていた。

元々ボロボロの建物だったが、今は外壁がほとんど崩れ落ち、瓦礫が線路にまで散らばっている。僕は線路脇のフェンスをよじ登ってビルの敷地に飛び降り、崩れた壁から中に入った。

廃ビルの中はひっそりと薄暗く、じっとりと湿った空気に満ちていた。あちこちの穴から日光が筋になって射し込み、床や壁に明暗の複雑な模様を作っている。僕は屋上を目指し、内階段を駆け上がっていく。何階か昇ったところでしかし、踊り場の天井が崩れて階段を塞《ふさ》いでいた。内階段からはそれ以上は昇れず、僕は非常階段に出ようと、その階の部屋に飛び込んだ。

その時だった。

「帆高！」

目の前に、大きな人影があった。こちらに近づいてくる。光の筋にその顔が照らされる。

「――須賀さん？」

それは須賀さんだった。須賀さんは僕を睨《にら》む。

「探したぜ、帆高」

「え……どうして」

「お前、自分がなにやってるか分かってんのか？」

その声には、なぜか怒気が含まれている。僕は思わず怒鳴り返す。

「陽菜さんが消えたんです！」

「――！」

「俺のせいなんです、俺が晴れ女なんてやらせたから」

「帆高、お前――」

「今度は俺が助けないと……！」

ふいに、パトカーのサイレンが会話に割り込んだ。僕は耳をすませる。まだ遠い。

でも、ぐずぐずしてはいられない。

「行かなきゃ！」僕は駆け出す。

「おい待てよ！」須賀さんが僕の腕を摑《つか》む。「お前どこに⁉」

「あそこから彼岸に行ける！」

そう言って、僕は部屋の天井を指さす。崩れてぽっかりと抜けた天井越しに、朱い鳥居の頭が見えている。空の上は彼岸、空の上は別の世界。

「お前、なに言って……」

「空にいるはずなんです！　非常階段を伝ってあそこまで行けば！」

僕は前に出ようとする。強く腕を引かれる。

「帆高！」

「助けなきゃ！」

「待てよ、空になんているわけねえだろ？」

僕の腕を摑んだ須賀さんの力が強くなる。

「離せ！」

「しっかりしろ！」

ばちん、と頬を張られた。痛みが、パトカーのサイレンがすぐそばで聞こえていることを唐突に気づかせる。須賀さんが腰をかがめて僕の目を覗《のぞ》き込む。

「とにかく落ち着けよ、帆高。今すぐ警察に戻った方がいい。話せば分かってもらえるさ、お前は別に悪くねえんだから」

僕は混乱する。須賀さんがどうして警察の味方を？　サイレンがビルの下で止まる。バン！　と車のドアを開ける複数の音。駆けてくる足音。須賀さんは僕の両腕を摑み、懇願するような口調で言う。

「このまま逃げ続けたら、もう取り返しがつかなくなるぜ？　そのくらい分かるだろう？」

この人がなにを言っているのか、僕には本気で分からなくなる。逃げる？　逃げているのはどっちだ？　見ないふりをしているのは誰だ？

「心配すんなよ」須賀さんはふいに優しい声になる。

「俺も一緒に行ってやるからさ。二人で事情を話そうぜ、な？」

そう言いながら、強引に僕を出口に引っぱっていく。大人の力に僕は引きずられる。

「離して！　離してください！」

「落ちつけって言ってんだろ！」

「離せよっ！」

僕は思いきり、須賀さんの腕に噛《か》みつく。

「痛《いて》――ッ！　てめえ！」

腹を蹴《け》られる。僕は背中から壁にぶつかり、思わず床に倒れ込む。うぐっ、と情けない声が勝手に漏れる。

「……！」

目を開いたその場所に、雑草に埋もれた拳銃《けんじゅう》があった。いつか自分で捨てた銃だ。僕はとっさにそれを掴み、床に座り込んだまま銃口を須賀さんに向ける。

「邪魔するなっ！」

須賀さんは目を見開く。半笑いの声が困ったように言う。

「帆高……？　お前、そんなもん持って――」

「陽菜さんのところに」僕はきつく目をつむる。「行かせてくれよ！」

ドン――！

重い発砲音が廃ビルに木霊《こだま》する。天井に向けて、僕は引き金を引いていた。須賀さんはぽかんと口を開けていて、その目は呆然《ぼうぜん》と見開いている。どうして――と、須賀さんを睨みつけながら僕は思う。どうして僕は、好きだった人に銃を向けているのか。どうして誰も彼もが、理不尽となって僕の前に立ち塞がるのか。

「森嶋帆高ァ！　銃を捨てろ！」

幾つもの靴音が部屋に駆け込んでくる。

「えぇっ⁉」

須賀さんが裏返った声を上げる。リーゼントを先頭に、銃を構えた警察が四人。僕と須賀さんはあっという間に囲まれる。

「おいおいおいおい、ちょっと待ってくれよ！　誤解ですって、ちゃんと説明しますから！」

須賀さんが必死になだめるが、刑事たちは険しい表情のまま銃を構えて僕を睨んでいる。僕はまだ銃を手に持っている。

「なあ帆高、いま二人で話してたんだよな？　これから一緒に警察に行くとこだったんすよ！」

僕は無言で立ち上がり、警察を睨み返すように銃を向ける。

「お前……」須賀さんが引きつった声を出す。

「森嶋くん、銃を下ろして！」と中年の刑事が叫び、

「撃たせないでくれよ」と、リーゼントが呟《つぶや》く。僕は目の前の大人ひとりひとりを順番に睨みつけながら、それぞれに銃口を向ける。さっきから膝《ひざ》が震えて収まらない。

立っているだけなのに心臓が暴れている。喉《のど》を通る空気が灼《や》けるように熱い。

「帆高、いいからもうそんなもん下ろせって、な？」

須賀さんが声を震わせながらそう言い、周囲の刑事たちに向かって声を荒らげる。

「だいたいさあ、あんたらだって酷《ひで》えだろ!?　大の大人がよってたかって子ども一人に銃を向けてさ、こいつはまだ十六だぜ、こんなこと許されるのかよ!?　こいつは犯罪者でもなんでもない、ただの家出少年なんだよ！」

「ほっといてくれよっ！」

僕はそう叫んでいる。全員が僕を見る。

「なんで邪魔するんだよ？　皆なにも知らないで、知らないふりして！」

もう意思とは関係なく、涙が勝手に込み上げてくる。銃口の先の大人たちの姿がぼやけていく。もう駄目なのか。もう終わりなのか。このままなにも出来ず、僕は捕まるのか。あの人にもらった勇気を、僕の中にあるはち切れそうな感情を、使わないまま僕は終わるのか。

「俺はただ、もう一度あの人に――」

涙を流しながら、僕の全部が叫んでいる。

「――会いたいんだっ！」

僕は銃を投げ捨てる。警官の視線が外れた一瞬の隙に、窓に向かって僕は走る。その先に非常階段がある。しかしリーゼントにとっさに襟首を摑まれる。そのまま背中から覆い被《かぶ》さられ、瓦礫《がれき》混じりの床に顔を思いきり押しつけられる。激痛に視界が歪《ゆが》む。

「確保!」

僕の背中にまたがったリーゼントが、そう言って僕の左手首に手錠をかける。

「ちくしょう、離せ!」

このままだと両手を拘束されてしまう。僕はめちゃくちゃに暴れる。でも、背中のリーゼントはびくともしない。他の警官が駆け寄ってくるのが目の端に見える。

「てめえらが——」その時、須賀さんの声が響いた。

「帆高に触んな!」

直後、体の上のリーゼントが吹き飛んだ。僕は驚いて顔を上げる。須賀さんがリーゼントの上に馬乗りになっている。

「貴様——」

怒鳴りながら身を起こしたリーゼントを、須賀さんは拳《こぶし》で殴りつけた。

「帆高、行け!」

一瞬、須賀さんと視線が交わる。弾《はじ》かれたように僕は立ち上がる。走り出す。揉《も》み合う須賀さんたちを通り越す。

「止まりなさい！」

しかし中年の刑事が窓の前に立ち塞《ふさ》がり、僕に銃を向ける。

「──帆高ぁっ！」

突然高い声が響き、僕は目をやる。

「凪!?」

僕は目を疑った。ワンピース姿の凪が、部屋の別の入り口から駆け込んでくる。そのまま中年刑事に飛びかかり、刑事は床に倒れてしまう。凪は刑事の顔をめちゃくちゃに叩《たた》きながら、叫ぶ。

「帆高、全部お前のせいじゃねえか！」

凪が僕を睨《にら》みつけている。目は泣き腫《は》らしていて洟《はな》も垂らして、子どもの顔で凪は叫ぶ。

「姉ちゃんを返せよっ！」

「──！」

その言葉に蹴り飛ばされたように、僕は窓から非常階段に飛び降りる。着地した瞬間、錆《さ》びた金属の足場が抜けて落ちる。とっさに手すりを摑《つか》む。体を引き上げて非常階段を走り出す。

落ちた床板が地面で派手な音を立てる。僕は走る。走る。走る。持て余していた力を、陽菜さんにもらった勇気を、僕のなかで叫び続けている気持ちを、今こそ全部使い切るために僕は走る。やがて屋上に躍り出る。

神さま――、

と僕は思う。

どうか、どうか、どうか。

僕は信じる。固く信じる。

鳥居をくぐりながら、強く願う。

もう一度、陽菜さんのところへ――。

第十一章　青空よりも

目を開くと、そこは濃紺の空だった。

青はどこまでも濃く、もはや黒に近かった。そして足の下には、青く光る大きな弧があった。空と大地の境目——地球だ。空気は凍《い》てつきそうに冷たく、息は吐くたびに凍ってキラキラと瞬いた。僕は空のずっと高い場所から、なすすべもなくまっすぐに落ちていた。それなのに、恐怖はなかった。目覚めたまま夢を見ているような奇妙な感覚だった。

ずっと遠くで、空が鳴っていた。目を向けると、赤い光が雲から宇宙に向かってちかちかと瞬いていた。雷だろうか——地上とはまったく違う現象の世界に、僕はいるのだ。

やがて、眼下に一本の白い帯が見えてきた。地平線の端から端までを横断する、長大な雲の帯だ。まるで絡み合った大樹のように、ゆっくりとうねりながら太陽と反対の方向へと流れていく。

「あれって……！」

落下して帯に近づいていく僕の目に、奇妙なものが映る。

「龍《りゅう》……!?」

近づくにつれその帯は、生き物の群れのように見えた。巨大な白い龍が絡み合い、お互いを飲み込み合いながら、地球をぐるりと取り囲んでいる。

「あれが……空の魚……？」

とたん、頭上に気配を感じて僕は顔を上げた。目を瞠《みは》った。巨大な一体の龍が、まっ白な口を開けて僕に迫ってくる。

「うわあああぁっ！」

僕は龍に飲み込まれた。その体の中は、まるで濁流だった。水とも霧ともつかない薄闇の中を、どこまでも続く滝のさなかにいるかのように、僕はなすすべもなく流されていく。全身にびちびちと柔らかなものが打ちつけられている。必死に目を開くと、それは小さな魚の群れのように見える。やがて行く先が明るくなってくる。そして唐突に、僕は青の中にいた。

龍の体を抜けたのだ。

周囲の空は、馴染《なじ》みのある鮮やかな青だった。見上げると、龍の帯はぐんぐんと遠ざかっていく。空気はきんと冷たいけれど、もう凍るような虚空ではない。落ち続ける僕の体の周囲に、気づけば何匹かの空の魚がついてきている。その体は水のように透明で、ホテルで見た陽菜さんの体によく似ている。この空に彼女がいる——僕はそう確信する。冷たい空気を、大きく吸い込む。この体から出るいちばん大きな音で、僕は彼女の名を叫ぶ。

「陽菜さんー！」

＊　＊　＊

遠い太鼓が、ささやくように鳴っている。

とく、とく、とく。

ちがう、これは鼓動だ。誰の？

私の。——わたし？　私は、まだいい、いるの？

どく、どく、どく。

鼓動が高鳴っていく。私の体が勝手に目覚めていく。どうして？

——呼ばれたから。

どくん、どくん、どくん。

——願いが届くから。私がいることを、彼が願っているから。

「——陽菜さん！」

聞こえる。私の名を呼ぶ彼の声が、届く。私は目を開く。ざざざっと、私を取り囲んでいた魚たちが遠ざかっていくのが目の端に見える。彼らの一部にはなれなかったな、と私はぼんやりと思う。草原に手をつき、上半身をゆっくりと起こす。空を見る。

その時、私の目には映る。

願いそのものが。私の願いと、彼の願いが、重なったその姿が。

「陽菜!!」

目の前の空で叫ぶのは、私に必死に手を伸ばしているのは——帆高だ。

「帆高っ！」

唐突に夢から覚めたかのように、私は立ち上がる。胸が熱い。全身が熱い。込み上げてくるものは、私を全力で走らせるこの気持ちは、喜びと愛《いと》おしさだ。

＊　　　＊　　　＊

「陽菜！」

僕は叫ぶ。眼下の草原を走る陽菜に、懸命に手を伸ばす。でも強い風に翻弄《ほんろう》されて、なかなか陽菜に近づけない。

「帆高！」

陽菜も僕に手を伸ばす。この場所から出なきゃ、と僕は思う。雲の上のこの草原は、彼岸だ。僕らがいてはいけない世界だ。ここは死者の世界だ。

「――陽菜、飛べ！」

僕は風に吹き上げられながら叫ぶ。陽菜は頷《うなず》く。草原の縁まで走り、まるで幅跳びの名選手のように、彼女は青空に向かって大きくジャンプする。その体は風に乗り、僕に迫ってくる。僕は手を伸ばす。ついに陽菜の熱い手が、僕の手を掴む。とたん、重力がようやく僕らの存在に気づいたかのように、僕たちの体は地上に向かってまっすぐに落ちていく。

「陽菜、会えた！　ほんとに会えたっ！」

目の前に陽菜がいる。あの瞳《ひとみ》が、あの声が、あの髪が、あの匂いが、本当に僕の十センチ先にいる。

「帆高、帆高、帆高っ！」

「手を離さないで！」

「うんっ！」

僕たちは分厚い雲の谷間を落ちていく。太陽の光は遮られ、あたりはどんどん薄暗くなっていく。水の匂いが濃くなっていく。服が湿って重くなっていく。どす黒い雲の壁面が、まるで生き物の内臓のようにゆっくりと対流してうごめいている。雲の深部で、時折巨大な雷光が瞬く。そのたびに、鼓膜を裂くような轟音《ごうおん》があたりの空気をいっせいに震わせる。

「ああっ！」

濡《ぬ》れた手が滑り、僕たちの手がまた離れてしまう。落ちていく陽菜を、僕が追う格好になる。陽菜は黒い穴に吸い込まれるように落ちていく。僕たちの距離は離れていく。僕は必死に手を伸ばす。

「陽菜、一緒に帰ろう！」

ふいになにかを思い出したかのように、陽菜の顔が曇る。迷うような表情になる。問いかけるように僕に叫ぶ。

「でも、私が戻ったら、また天気が……！」

「もういい！」

僕は怒鳴る。陽菜が驚いた顔をする。僕は決めている。他のことなんてどうだっていい。神さまにだって僕は逆らう。言うべきことはもう分かっている。

「もういいよ！　陽菜はもう、晴れ女なんかじゃない！」

見開いた陽菜の瞳に、激しく明滅する稲妻が映る。雷鳴に振動する雲間を抜け、僕たちは積乱雲の下をまっすぐに落ちていく。眼下には輝く東京の街がある。街と陽菜に、僕の手は近づいていく。僕は陽菜に叫ぶ。そう、言うべきことは分かっている。

「もう二度と晴れなくたっていい！」

陽菜の瞳に涙が湧きあがる。

「青空よりも、俺は陽菜がいい！」

陽菜の大粒の涙が風に舞い、僕の頬にあたる。雨粒が波紋を作るように、陽菜の涙が僕の心を作っていく。

「天気なんて――」

そしてとうとう僕の手が、

「狂ったままでいいんだ！」

陽菜の手をふたたび掴《つか》む。陽菜がすかさず、僕のもう片方の手を取る。僕たちは両手をきつく握り合う。視界が、世界が、僕たちの周囲を回っている。めくるめく世界の真ん中で、僕たちは手を握り合って舞っている。

陽菜の顔がそこにある。お互いの呼吸が近い。風に躍るその長い髪が、僕の頰を優しく撫《な》でる。涙が溢《あふ》れ続けるその瞳は、僕だけが知っている秘密の泉のようだ。太陽と青空と白い雲、光を浴びて輝く陽菜と眼下の街を、いっとき、僕は目に焼き付ける。

そして微笑んで、彼女に言う。

「──自分のために願って、陽菜」

陽菜も微笑む。そして頷く。

「……うん！」

僕たちは目をつむる。握った両手をお互いの額に押しつける。そして願う。

僕たちの心が言う。体が言う。声が言う。恋が言う。

生きろと言う。

＊　　＊　　＊

雷鳴が、遠くで聞こえた気がする。

パトカーに引き立てられる途中で立ち止まった俺を、リーゼントの刑事が怪訝《けげん》そうに振り返る。

「ちょっと須賀さん」

不機嫌そうな刑事の声を無視して、俺は空を見上げた。

いつの間にか、分厚い雲が午後の空に湧き始めている。廃ビルの屋上に目をやる。湿気を含んだ冷たい風が、屋上の草木を揺らしている。木の葉が空に吹き上げられていく。

「立ち止まんないでよ。ほら」

両手に嵌《は》められた手錠を引っぱられたが、俺はそれでも鳥居を見つめ続けた。帆高を追って階段を昇った警官が言うには、屋上に帆高の姿はなかったという。逃亡したとみなされ、警察は今も付近を捜索中だ。しかし俺は、やはりあの場所に帆高がいるような気がしているのだ。なぜだろう——妙に胸が騒ぐ。喉《のど》がやけにひりついて、肌がぶつぶつと粟立《あわだ》っていく。予兆のようなものがざわざわと、足元から這《は》い上がってくる。

その時、東京中の空が光った。同時に地面が揺れるほどの雷鳴が轟《とどろ》く。直後、俺は見た。まるで何体もの龍《りゅう》がいっせいに襲いかかってくるように——巨大な水の塊が地上に落ちてきたのだ。

そして豪雨が降りそそいだ。滝のような大雨だった。

突然に強引に青空を奪われたような天気に、俺と刑事たちは呆然《ぼうぜん》と立ちつくした。

その時——誰もがおそらくは、その雨が普通ではないと感じていた。いつかこういう日が来ることを、本当は誰もが知っていた。平穏な日々がだらだらと続くわけがないことを、このまま逃げ切れるわけがないことを、俺たちはずっと感じていた。俺たちは別になにもしていない。なにも決めていない。なにも選んでいない。それでも、このまま逃げ切れるわけはない。世界はいつか決定的に変わってしまうだろうと誰もが予感していて、誰もがずっと、知らないふりをしていたのだ。

俺は理由もなくそんなことを考えながら、ずぶ濡れのまま雨空を見つめ続けた。

雨はそれから三年間止むことなく、今も降り続けている。

終章　大丈夫

体育館に響く歌声の中に、かすかに雨の音が混じっている。

それに気づき、僕はふいに歌うことを止めた。隣のクラスメイトがちらりと僕を見る。僕は一人だけ黙ったまま、壇上に掲げられた「卒業式」という文字をまっすぐに睨《にら》みつける。十人程度しかいない僕たち卒業生のための、島の高校の小さな式だ。

――思えばいと疾《と》し、このとし月。今こそわかれめ、いざさらば。

今日で最後の制服を着た同級生たちが、涙ぐみながら卒業の歌を歌い続ける。僕はじっと口をつぐんだまま、雨音だけをより分けるようにして聞いている。


学校を出ると、春の匂いがした。

片手に卒業証書の入った筒を持ち、片手に傘を持って、僕は海沿いの道を歩いた。すこし前まではかちかちと肌を叩《たた》くような冷たさだった潮風が、いつのまにか柔らかな温度を帯びていた。午後の漁を終えた船が何隻か、ゆったりと滑るように沖合に浮かんでいた。道端には鮮やかな黄色の花が咲き、桜の木にはほんのりとピンク色の花が開き始めていた。

本当に、また春が来たのだ。

僕はなんだか信じられない気持ちで、昔から変わらない島の風景を眺めた。なぜ、なにごともなかったように春がまた来るのだろう。なぜ、季節は今も巡るのだろう。人々の営みはなぜ、変わらずに続いているのだろう。

雨は、あれからずっと降り続いているのに。

港に魚を下ろす漁師たちの姿を眺めながら、それでも、と僕は思う。

あの日から、人々の顔つきがかすかに変わった。広いプールに墨汁を一滴垂らした程度の、それはほんのかすかな変化だ。色も味も匂いも変わらないし、たぶん本人たちも気づかない。けれど、僕には分かるのだ。人々の顔は、人の心は、もう三年前と決して同じではない。

「――森嶋先輩！」

突然に声をかけられて振り向くと、下級生の女の子が二人、坂道を駆け下りてくるところだった。もちろん知っている子たちだけれど（学校全体で生徒は三十人程度なのだ）、挨拶《あいさつ》程度しか交わしたことがない。名前はたしか――思い出せないままの僕の前に二人は立ち止まり、思い詰めたような顔で言った。

「あの、ちょっと聞きたいことがあるんですけど……」

東京に行っちゃうって本当ですかとお下げの子が言い、うん、と答えると、ほらだから言ったじゃん今日がラストチャンスだよ、とショートカットの子が隣を肘《ひじ》でつついた。

僕たちは道路脇の東屋《あずまや》の下で、向き合うように立っている。雨の音と潮の音が混じり合っている。

ほら訊《き》きなって、今しかないんだよ！ とショートカットの子が叱りつけるように囁《ささや》いて、お下げの子は真っ赤になりながら顔を伏せた。その様子を目にし、まさか、と僕は驚愕《きょうがく》する。――これってもしかして、俺、告白されようとしているのか……？

「あの、先輩！」勇気を振り絞ったふうに、お下げの子が潤んだ瞳《ひとみ》で僕を見る。

「私、ずっと先輩に聞いてみたいことがあって！」

ヤバい。想定外だ。どうしたらいいのだ。手のひらにじわりと汗がにじんでくる。

「あの、先輩、東京でも――」

ヤバい。傷つけず断るにはどうしたら。助けてセンパイ。

「――警察に追われてるっていう噂、本当ですかっ⁉」

「……え？」

後輩二人は、わくわくとした表情で僕を見つめている。

「……嘘だよ」

「え、でもでも、森嶋先輩ってああ見えて実は前科持ちだって！　東京でヤクザと繫《つな》がりがあるんだって！」

僕は自分の馬鹿な期待に呆《あき》れつつ、半ばホッとして正直に答える。別に隠しているわけでもないのだ。

「ヤクザは嘘だけど、逮捕されたことはあるよ。東京で審判を受けたんだ」

「ぎゃー！」

二人は嬉《うれ》しそうに手を取りあってはしゃぐ。

「超クール！　映画の主役みたい！」

ありがとう、と僕は苦笑する。

三月の雨空に、フェリーの出港を知らせる汽笛が長く響く。

巨大な船体が海水を押しのけていく重い振動が、尻《しり》から全身に伝わってくる。

僕のチケットは船底に最も近い二等船室。東京までは十時間以上の船旅で、到着は夜になる。このフェリーで東京に向かうのは、人生で二度目だ。僕は立ち上がり、デッキテラスへの階段に向かった。

二年半前の、あの夏。

雨の屋上で目覚めた僕は、その場で警察に逮捕された。鳥居の下にはまだ眠り込んだままの陽菜さんがいて、彼女は警察に抱えられて別の場所に連れていかれてしまった。その後、彼女はすぐに目覚めたこと、健康状態に異常はないこと、弟との生活がふたたび許されるだろうことを、リーゼントの刑事が署内で僕に教えてくれた。

自分にいくつもの嫌疑がかけられていることを、送致された検察庁の小部屋で僕は知った。銃刀法三条、けん銃所持の禁止への違反。刑法九十五条、公務執行妨害。人に向かって銃を発砲したことは刑法百九十九条及び二百三条の殺人未遂罪。線路を走ったことは、鉄道営業法三十七条への違反だった。

家庭裁判所で僕に下された決定はしかし、意外にも保護観察処分だった。銃は故意の所持ではなかったということが認められ、一連の事件の重大性は低く、非行性も薄いと判断されたのだ。

少年鑑別所から解放され、ようやく島に戻る頃には、家出をしてから三ヵ月が過ぎていた。気づけば夏の盛りは過ぎ、秋の気配が漂い始める季節だった。すごすごと戻ってきた僕を、両親も学校も不器用に――それでも温かく迎え入れてくれた。あれほど窮屈だった父も学校も、戻ってみればそこは当たり前の生活の場所だった。僕自身が不完全であるのと同じように、大人たちもまた等しく不完全なのだ。皆がその不完全さを抱えたまま、ごつごつと時にぶつかりながら生きているのだ。僕は、気づけばそれをすんなりと受け入れていた。そのようにして、僕は島での高校生活を再開した。

　それは奇妙にしんとした年月だった。まるで海の底を歩いているように、地上から遠く隔たれているような気分のまま僕は日々を送った。誰かの語る言葉は僕にはうまく届かなかったし、僕の言葉も、人々にはうまく届かないようだった。今までなにも考えずに出来ていたことが、自然には出来なくなってしまっていた。無意識に眠ることも、当たり前に食事をすることも、ただ歩くことさえも、僕にはなんだかうまく出来なかった。油断していると右手と右足を同時に出して歩いてしまいそうだった。実際に僕は道でつまずき、授業では質問された内容を忘れ、食事では箸《はし》を持ったまま止まってしまうようなことが何度もあった。それを人に指摘されるたびに、僕は意識してにっこりと笑顔を作り、「ごめん、ちょっとぼんやりしていただけだから」と穏やかに言った。誰かを心配させないように、安心してもらえるように、僕は出来うる限りきちんとした生活を送るように努めた。それは掃除を進んでやるとか授業を真剣に聞くとか人付き合いから逃げないとか、まるで言いつけを守る小学生のような所作に過ぎなかったけれど、いつの間にか成績は上がり、友人は増えていった。大人から話しかけられることも多くなった。でもそれは、ぜんぶ副作用みたいなものだった。僕が目指していることはそういうことではなかった。夜、濡《ぬ》れた窓ガラスの向こうに、朝、灰色の海の向こうに、僕は彼女の気配を求め続けた。雨音の中に、あの夜の遠い太鼓を探し続けた。

僕はそのようにして、慎重に息をひそめるように卒業の日を待ち続けた。月に一度の保護司との面接も卒業を前に終了し、履歴書に「賞罰無し」と書いたら経歴詐称になるという単純な事実だけを残し、僕の処分は終結した。

日暮れが近づき、フェリー同士がすれ違う汽笛が頻繁に聞こえるようになった頃、僕はもう一度デッキテラスに登った。冷たい風と雨を飲み込むように、僕は大きく息を吸い込む。水平線の向こうに、ちかちかと瞬く東京の光が見えはじめていた。

——二年半か。

僕は秤《はかり》の目盛りを確認するように、口に出してそう呟《つぶや》いてみる。それだけの時間が経ち、あの夏から遠ざかれば遠ざかるほど、僕にはあの出来事が幻のように思えてくるのだった。僕が見たものは、現実にしてはあまりに美しすぎた。しかし幻想としては、あまりにディテイルがくっきりとし過ぎていた。僕はいつものように混乱していく。しかしやがて眼前に現れた景色が、それが幻ではなかったことをはっきりと僕に告げていた。

それは、変わってしまった東京の姿だった。

レインボーブリッジは水に沈み、四本の柱だけが意味ありげな塔のように海面から突き出ていた。海面に散らばったブロックのように見えるいくつもの箱は、沈み切らなかったビルの上部だった。執拗《しつよう》に降り続く雨によって広く水没してしまった、関東平野の新しい姿がそこにはあった。東京都の面積の1／3が、今では水の下だった。

しかしそれでもなお、この街は日本の首都であり続けていた。元々海抜〇メートル以下だった広大な東部低地は、降り止まない雨に従来の排水機能が間に合わず、二年以上をかけてゆっくりと海に沈んでいった。人々はその間により西方へと移り住み、溢《あふ》れ出た荒川と利根川《とねがわ》の周囲には、新たな遊水池を遠巻きに囲む長大な堤防が今も建設中だった。これほどまでに気候が変わっても、人々は当然のようにこの土地に住み続けていた。

そして僕もまた、この場所に戻ってきたのだ。

あの夏の出来事をまるごと抱えたまま、僕はふたたびここに来た。十八歳になった今、今度こそこの街に住むために。もう一度あの人に会うために。

この街で、陽菜さんはなにを想いながら生きているのだろう。

僕が彼女に出来ることは果たしてなにかあるのだろうかと、僕は迫りつつある街を見つめながら、ひたすらに考えていた。

＊　＊　＊

アパートは大学の近くに決めていた。

引っ越しの荷物は段ボール箱二つ分だけで、僕はそれを台車に載せて、長い時間電車に揺られてアパートまで運び込んだ。この二年の西遷ラッシュでこの辺りの家賃相場も上がっていると聞いていたけれど、この古いアパートならばアルバイトを二つほど掛け持ちすれば僕にも払えそうだった。武蔵野《むさしの》台地の奥のこのあたりは、浸水の影響はほとんど及んでいなかった。

雨の音を聞きながら一人で部屋の掃除と荷物の整理を済ませ、カップラーメンの食事を終えた頃には、空は暗くなり始めていた。ストリーミングのラジオからは関東の天気予報が流れている。この先一週間の天気予報です。一週間を通して、雨でしょう。予想最高気温は十五度前後。強く降る雨ではないため、桜も長く楽しめるでしょう……。

その予報を耳に素通りさせながら、僕はスマホでバイト検索サイトを眺める。世の中には仕事が溢れている。でも——まだ見つからない、と僕は思う。

まだ、見つからない。

まだ、分からない。

この二年半、脳が擦りきれるほど考え続け、大学は農学部に決めた。気候が変わってしまった今の時代に必要なことを学びたかった。漠然とでも目標が出来たことで、ほんのわずかに、僕は息が吸いやすくなったように思う。でも、本当に大切なことはまだ見つかっていなかった。僕が彼女に会いに行く理由を、僕が彼女に出来ることを、僕は知りたかった。

「あ」

小さく声を上げた。バイトを探していた頭の一部分が、突然別のことを思い出したのだ。バイトと言えば、あのサイトはまだあるのだろうか——。僕はＵＲＬを入力してみた。

「……まだあったんだ！」

スマホに表示されているのは、太陽の絵に『お天気お届けします！』というカラフルな文字。黄色いレインコートを着たピンクのカエルが、吹き出しで「100％の晴れ女です！」と言っている。僕たちが作った晴れ女ビジネスのWEBサイトだ。パスワードを入力し、管理者画面にログインすると、チャリーンと電子音が響いた。

『1件の依頼があります』と、画面が告げていた。僕は驚いて内容をタップする。

それは二年近く前に届いていた、晴れ女の依頼だった。

＊　＊　＊

「おや、あんた一人かい？」

玄関先に立つ僕を見て、立花のおばあさんは訝《いぶか》しげに言った。

「晴れ女のお嬢ちゃんは？」

すこしがっかりしているようにも見えて、僕は慌てて言う。

「あ、あの、彼女はもう晴れ女じゃないんです。今日はそれだけお伝えしようと思って……」

「そのためにわざわざ来たのかい？　こんなところまで？」

「はい……」

ガーン、ガーンと、杭《くい》を打ちつける音が団地の廊下まで響いている。このあたりは荒川に近く、水没を免れてはいるけれど近くで大堤防が建設中なのだ。

「ま、ちょっとあがっていきなよ。狭い部屋だけどさ」

冨美《ふみ》さんの部屋は僕のアパートよりは倍くらい広かったけれど、それでも、以前お邪魔した日本家屋よりはずいぶんと狭かった。八畳ほどのリビングダイニングと、その隣に和室がひと間。アルミサッシの窓からは建設中の堤防が見え、ミニチュアのように黄色い重機が行き交っている。部屋にはいくつか写真が飾られている。亡くなった旦那《だんな》さんらしきおじいちゃん。賑《にぎ》やかな家族の集合写真。お孫さんの結婚写真。小さな仏壇から漂う線香の匂いだけが、あの日のお盆と同じだった。

冨美さんが、お菓子を山盛りにしたお盆を僕の前に置いた。

「あ、おかまいなく！」

「若い子が遠慮するもんじゃないよ」と、テーブルの向かいに腰掛けながら冨美さんは言う。いざ訪ねては来たものの特に話すことも思いつかず、僕はなんとか会話を繋《つな》ごうとする。

「あの、お引っ越しなさったんですね。ほら、僕たちがお邪魔したのはもっと下町っぽい場所で……」

「あのあたりは、一面水に沈んじゃったからね」

なんでもないことのように冨美さんが言い、

「……すみません」

と僕は思わず謝る。

「なんであんたが謝るのさ？」

可笑《おか》しそうに言う冨美さんを直視できず、僕は目を伏せ、「いえ……」と言葉を濁した。僕に一体、なにを言う資格があるだろう。思わず全部告白したくなる。東京から青空を奪ったのは僕なんです。人々の住む場所を奪ったのは、身勝手に太陽を奪ったのは、僕の決断だったんです。でもそんなことを言ったところでなにになるだろう。冨美さんを困惑させるだけなのも、僕には分かっている。

「——知ってるかい？」

ふいに、冨美さんが柔らかい声で言って、僕は顔を上げた。お盆からチョコパイを手に取り、包装を開けながら彼女は続ける。

「東京のあの辺はさ、もともとは海だったんだよ。ほんのすこし前――江戸時代くらいまではね」

「え……」

「江戸そのものがさ、海の入り江だったそうだよ。地名が表してるだろう？　入り江への戸口が東京だったのさ。その土地を、人間と天気がすこしずつ変えてきたんだ」

冨美さんはそう言って、包装を開けたチョコパイを僕に手渡す。なにか大事なものをパスされた――そんな不思議な気分に、どうしてか僕はなる。

「だからさ――結局元に戻っただけだわ、なんて思ったりもするね」

窓の外の堤防を眺めながら、冨美さんはなんだか懐かしむような表情でそう言った。

僕はうまく言葉を発することが出来ないまま、しわの刻まれた彼女の横顔を見つめる。

元に戻っただけ――？

あの人ならばなんと言うだろう。話を聞きたい、と僕は思った。

＊　＊　＊

「なにお前？　あれからずっとそんなこと考えてたの？　大学生にもなるってのに、相変わらずガキだねお前は」

目の前の中年オヤジが、わざとらしく忙しそうにキーボードを叩《たた》きながら言う。

「そんなことって……」

思わず僕は抗議する。この人ならば分かってくれるのではないかと思い、思い切って話してみたのだ。それなのにこの中年ときたら、

「昨今の若い奴って年々ダメになってくよな。日本もいよいよ終わりだね」

などと毒づく。

「だって、あの時俺たちは――」

「お前たちが原因でこうなった？　自分たちが世界のかたちを変えちまったぁ？」

心底呆《あき》れたという様子でそう言って、ようやくディスプレイから顔を上げて中年は僕を見る。オシャレ風眼鏡を頭に上げて（でもきっと老眼鏡だ）、軽薄そうな細い目をさらに細める。

「んなわけねえだろ、バーカ。自惚《うぬぼ》れるのも大概にしろよ」

須賀さんだ。相変わらずのタイトなワイシャツ姿で、ダルそうな口調で僕をなじる。

「妄想なんかしてねえで、現実を見ろよ現実を。いいか、若い奴は勘違いしてるけど、

自分の内側なんかだらだら眺めててもそこにはなんにもねえの。大事なことはぜんぶ外側にあるの。自分を見ねえで人を見ろよ。どんだけ自分が特別だと思ってんだよ」

「いや、そんな話じゃ――」

ぴろりん、と須賀さんのスマホが鳴った。手に取って、「おっ」と嬉《うれ》しそうな声を上げる。

「見て見て！　この前娘とデートしちゃった！」

「……わあっ！」

僕は思わず声を上げた。画面に映っているのは、自撮りでフォーカスのボケた須賀さんと、その奥にはずいぶん大きくなった萌花《もか》ちゃん。それと、揃って横ピースのポーズを決めた凪センパイと夏美さんだった。もともと美少年だったセンパイは、背がすらりと伸びてまるで本物の王子さまのよう。もう中学生なのだ。そしてもともと美人だった夏美さんは、悪戯《いたずら》っぽい笑顔がかえって大人っぽく、さらに凄《すご》みを増した尋常ならざる美女になっていた。

「ま、夏美と凪まで一緒だったのが邪魔だったけどさ。あいつら妙に仲良くなっちまって……」

ぶつぶつと言いつつも、須賀さんは嬉しそうだ。娘さんとはまだ別々の暮らしだけれど、奥さんのご両親との関係は悪くはなく、須賀さんの仕事次第では遠からず一緒に暮らせるようになる可能性が高いそうだ。K＆Aプランニングはマンションの一室に場所を移し、今や三人の社員を抱えるいっぱしの編プロになっている。社長である須賀さんが忙しそうなのも、まんざらふりだけでもないのかもしれない。須賀さんはころりと説教口調になって言う。

「お前もしょうもないことグズグズ考えてねえで、早くあの子に会いに行けよ。あの日以来会ってないって、今までいったいなにしてたんだよ？」

「いやだって、須賀さんだって知ってるじゃないですか。俺ずっと保護観察期間中だったし、だから迷惑かけられないし、だいたい連絡取ろうにもあの人携帯も持ってないし、それにいざ会うとなると緊張するっていうか、理由が欲しいっていうか、なんて言っていいか分からないっていうか……」

その時、ちりんと鈴が鳴った。どこかで聴いたことのある音だ。……まさか、と胸が高鳴ったところで、黒白の塊がどこからかのそのそと現れた。椅子を伝って須賀さんのデスクにゆっくりと登り、どすんと座り込んで僕を見る。

「ア……アメ？　おっきくなったね……」

それは、仔猫《こねこ》だったはずのアメだった。最初に路地裏で出会った頃はスマホよりすこし大きい程度だったのに、今は相撲取りのように巨大化していた。十五キロくらいはありそうで、ダルそうで悪そうな目付きが須賀さんにそっくりだった。キーボードを叩いていた須賀さんがふたたび顔を上げる。アメと並んだ表情はまるで親子のようだ。須賀さんは邪魔者を追い払うように僕に向かって手をひらひらと振る。

「ほら行け、今から行け。もういっそあの子の家まで行ってこいよ、お前は仕事の邪魔なんだよ！」

お邪魔しましたー、とすごすごとオフィスから出ていく僕に、社員さんたちが「またおいでね」と声をかけてくれる。こんな社長の下で大丈夫ですか、と思わず問いかけたくなる。

「おい」

出口のドアを開けようとしたところで須賀さんに呼び止められ、僕は振り返った。須賀さんはふっと息を吐くように苦笑して、まっすぐに僕を見る。

「まあ気にすんなよ、青年」

「え？」

「世界なんてさ――どうせもともと狂ってんだから」

どこかさっぱりした顔で、須賀さんはそう言った。

＊　＊　＊

須賀さんのオフィスを出て、僕は新宿駅から山手線に乗った。山手線は今では環状線ではなくなっていて、水没地域を挟んでC字型に途切れている。それぞれの先端にあたる巣鴨《すがも》駅と五反田《ごたんだ》駅からは、各地への水上バスが出ていた。僕はなんとなく遠回りをしたくて、五反田駅で降りて桟橋を渡り、二階建ての船に乗り換えた。船の二階席は吹きさらしになっていて、何人かの乗客が僕と同じように雨合羽《あまガッパ》を着込んで水上の景色を眺めていた。

「お昼なに食べる?」とか、「新しいお店できてたよね」とか、「週末のお花見楽しみだな」とか、人々の日常会話が耳をくすぐる。絹のように細くて軽い雨が、内海全体にまんべんなく降りそそいでいる。航路の東側は元は住宅街だったのか、建物の屋根がいくつも水面から顔を出している。その景色はなんとなく、広大な牧草地で眠り込んでいる羊の群れを連想させた。無数の屋根たちは長い役割から解放されて、どこかホッとしているようにも見えた。

「次は、田端ー、田端に停まります」

のんびりした声で船のアナウンスが言う。陽菜さんの家に続く坂道が、雨の向こうに見えてきていた。

雨合羽を脱ぎ、傘を差して細い坂道を歩いた。

あの夏に何度も歩いた道だ。右手の土手には五分咲きの桜の樹が並んでいて、左手の眼下は広々と眺望が開けている。以前には線路と建物がひしめいていたその見晴らしはしかし、今では太平洋までつながる内海となっていた。水面からはいくつもの建物が頭を出している。新幹線の高架が、まるで長大な桟橋のようにまっすぐに延びている。見棄てられたそれらの膨大なコンクリートの塊には、緑のツタや色鮮やかな草花が新しい主人であるかのように巻き付いている。

「もともとは、海だった——」

そんな景色を眺めながら、僕は小さく口に出した。

「世界なんて、最初から狂ってた……」

雨が大地を叩《たた》く音と、春の鳥のさえずり。水上バスのエンジン音、車や電車の遠いノイズ。スニーカーで濡《ぬ》れたアスファルトを歩く自分の足音。

僕はポケットから指輪を取り出し、眺めた。小さな翼のかたちをした銀色のリング。

もう一度彼女に会えたとしたら――僕は、なんと言えばいいのだろう。

「この世界がこうなのは、だから、誰のせいでもないんだ」

そう呟《つぶや》いてみる。そう言えばいいのだろうか。彼女の求めている言葉は、これだろうか。東京はもともとは海だった。世界はただ、最初からあるがままに狂っていたんだ、と。

突然に、水鳥が飛び立った。僕は思わず目で行方を追う。

すると、心臓が大きく跳ねた。

彼女が、そこにいた。

坂の上で、傘も差さず、両手を組んでいた。

目をつむったまま、祈っていた。

降りしきる雨の中で、陽菜さんは沈んだ街に向かい、なにかを祈っていた。なにかを願っていた。

――違ったんだ、と、目が覚めるように僕は思う。

違った、そうじゃなかった。世界は最初から狂っていたわけじゃない。僕たちが変えたんだ。あの夏、あの空の上で、僕は選んだんだ。青空よりも陽菜さんを。大勢のしあわせよりも陽菜さんの命を。そして僕たちは願ったんだ。世界がどんなかたちだろうとそんなことは関係なく、ただ、ともに生きていくことを。

「陽菜さん！」

僕は叫ぶ。陽菜さんが僕を見る。その時、風が強く吹く。桜の花びらを舞わせた風が、陽菜さんのかぶったフードを外す。二つに結んだ長い黒髪が風に躍る。陽菜さんの瞳《ひとみ》に、涙がいっぱいに溜《た》まっていく。そして、満面の笑みになる。そのとたん、世界がくすぐられたみたいに眩《まぶ》しく色づく。

「――帆高！」

陽菜さんが叫び、僕は傘を投げ捨てる。僕たちは同時に駆け出す。彼女の顔が、はずみながら近づいてくる。そして僕の目の前で、陽菜さんはジャンプして僕に抱きつく。その勢いに僕は驚いて、なんとか転ばないように陽菜さんを抱えたままくるりと回る。そうやって、僕たちは向かい合って立つ。僕たちは笑ったまま息を整える。陽菜さんが大きな瞳で僕を見上げる。その視線の高さが以前とは違っていて、僕は自分の身長が伸びていたことを初めて知る。陽菜さんは高校の制服姿で、今度こそ本当に「次は十八歳」になるのだと、僕は気づく。陽菜さんがふと心配そうな顔になり、僕の頰に指を触れる。

「帆高っ、どうしたの？　大丈夫？」

のに。

僕はなんてふがいないんだろう。大丈夫だった？　と、僕から君に聞きたかったのに。

君はなんて尊いのだろう。自分だって泣いているのに。

自分の両目から雨のように涙が溢《あふ》れていることに、僕は気づく。

「君、泣いてる」

「え？」

僕は陽菜さんに笑いかける。陽菜さんの手を握り、強くつよく心を決めながら言う。

「陽菜さん、僕たちは——」

どんなに雨に濡れても、僕たちは生きている。どんなに世界が変わっても、僕たちは生きていく。

「僕たちは、大丈夫だ」

まるで陽に照らされたように、陽菜さんの顔が輝く。つないだ僕たちの手を、雨の雫《しずく》がそっと撫《な》でるように流れていく。

あとがき

本書『小説 天気の子』は、僕が監督をして二千十九年に公開されるアニメーション映画『天気の子』のノベライズ版である。

——ということを、ちょうど三年前に出版された『君の名は。』のあとがきでも書いた覚えがある。あの時と同様に映画はまだ完成しておらず、なかなか出口の見えない制作作業に焦りつつも、今はアフレコという声を吹き込む作業のまっ最中でもある（ちょうど公開二ヵ月前です）。そんな中、映画より一足先に小説版を書き終えた。映画を観ていなくても十分に楽しめることを目指して書いた小説だけれど、この場を借りて小説版・映画版含めて、『天気の子』という物語の成り立ちについて記しておきたいと思う。

（ラストシーンについてもすこし言及しますので、ネタバレが気になる方は本文を先にお読みください）

今作の発想のきっかけは、前作の映画『君の名は。』が僕たち制作者の想定を遥《はる》かに超えてヒットしてしまったことにあったと思う。……いやしかし「想定を超えてヒットしてしまった」なんて、なんとイヤラシイ書き方であろうか。でもそれは僕にとっては本当に桁違《けたちが》いだったのだ。『君の名は。』が公開されていた半年超の期間、あれだけ多くの視線、あれだけ多様な意見に晒《さら》されたのは、僕には初めての経験だった。家で食事をしているとテレビでいわゆる有名人が映画に意見していたり（なんだかディスられていた）、居酒屋で飲んでいても感想が聞こえてきたり（わりとディスられていた）、はたまた道を歩いている時でさえも映画の名前が聞こえてきたりした（やっぱりディスられていた）。SNSには膨大なコメントが溢れていて、もちろん楽しんでくれた方も多かったのだろうけれど、激烈に怒ってらっしゃる方もずいぶん目撃した。僕としては、その人たちを怒らせてしまったものの正体はなんだろうと考え続けた半年間だった。そしてその半年間が、『天気の子』の企画書を書いていた期間でもあったのだ。

そういう経験から明快な答えを得たわけではないけれど、自分なりに心を決めたことがある。それは、「映画は学校の教科書ではない」ということだ。映画は（あるいは広くエンターテインメントは）正しかったり模範的だったりする必要はなく、むしろ教科書では語られないことを——例えば人に知られたら眉《まゆ》をひそめられてしまうような密《ひそ》やかな願いを——語るべきだと、僕は今さらにあらためて思ったのだ。教科書とは違う言葉、政治家とは違う言葉、批評家とは違う言葉で僕は語ろう。道徳とも教育とも違う水準で、物語を描こう。それこそが僕の仕事だし、もしもそれで誰かに叱られるのだとしたら、それはもう仕方がないじゃないか。僕は僕の生の実感を物語にしていくしかないのだ。いささか遅すぎる決心だったのかもしれないけれど、『天気の子』はそういう気分のもとで書いた物語だった。

そしてそんなふうに思い定めて本作を描くことは、実を言えばとても楽しかった。僕自身がわくわく出来る冒険だった。「老若男女が足を運ぶ夏休み映画にふさわしい品位を」的なことは、もう一切考えなかった。遠慮も忖度《そんたく》も慎重さもなく、バッテリーがからっぽになるまで躊躇《ちゅうちょ》なく力を使い果たしてしまう主人公たちを、彼らに背中を叩《たた》かれているような心持ちで脚本にした。十ヵ月かけてそれをビデオコンテにし(映画の設計図です)、四ヵ月かけてこの小説にした。一年半かけて、映画版もようやく完成しようとしている。

映画版と小説版の違いについて言えば、両者は基本的には同じものである。ただし、小説にあって映画にはない、という描写はけっこうある。これは別に映画で描ききれなかったというわけではなく（映画は映画で過不足なく作ったつもりです）、小説のためのサービスというつもりだったわけでもなく、映像と小説というメディアの違いに起因すると思う。

例えば、映画の台詞《せりふ》は基本的に短ければ短いほど優れている（と僕は思っている）。それは単なる文章ではなく、映像の表情と色、声の感情とリズム、さらには効果音と音楽等々の膨大な情報が上乗せされて完成形となるからだ。核にあるものはシンプルなものであるほうが、装飾が効いてくるのだ。でも小説にはそれらが一切ない。映画はストーリーが中身で映像や音はそれを届けるための器だけれど、小説は中身と器が同じもので出来ているのだ。だから、ストーリーを文章にしただけでは小説にはならない（それは脚本だ）。小説とは、ストーリーと表現を切り離せないメディアのことである。だから同じ人物の同じ台詞であっても、映画と小説では場合によって仕込み方が変わってくる。

具体的には、例えばこういうことだ。物語のクライマックス近くで、夏美が帆高に向かって「走れ！」と叫ぶ。映画ではアニメーションのスピード感とか役者の声とか直前までのバイクの排気音とか直後にかかる劇伴音楽なんかが渾然《こんぜん》一体となって、それだけでなんだかちょっとぐっとくるシーンになっている（といいな）。でも小説では、そのひと言の台詞だけでは映画と同じ効果を持たせることは難しい。だからこそ小説では様々な比喩《ひゆ》を重ねるし、物語の前半から夏美の人生をある程度描いていく必要があるのだ。これは映画にはまったくない部分だけれど、この一瞬を映画に負けないシーンにするためには、小説ではそういう手続きを踏む必要がある。それが結果的には小説版にしかない描写になるし、僕自身にとっても書く喜びになっている。読者にとっても、それが読む楽しみになることを願っている。

『天気の子』と音楽との関わりについて。

本作の脚本が書き上がった時に、それを最初に読んでほしいと僕が自然に思った相手が、RADWIMPS《ラッドウィンプス》の野田洋次郎さんだった。だから音楽のオファーという形ではなく、友人として彼に脚本を送らせてもらった。洋次郎さんがこの脚本からなにを感じるのか、単純に感想を知りたいと思ったのだ。

するとニヵ月後に、『愛にできることはまだあるかい』と『大丈夫』のデモ曲が届いたのだ。結果的に、これこそがまさに僕が聴きたかった「感想」だった。どうしても知りたくて、でも自分一人ではどうしても見つけることの出来ない言葉たちが、それらの曲の中にはたっぷりとつまっていた。思いがけず秘密の宝物庫に迷い込んでしまったような気持ちだった。そのようにしてごく自然に（でも振り返ってみればずいぶん我が儘《まま》に強引に）、『天気の子』の音楽監督を洋次郎さんにお願いすることになったのだった。

でも、ここで一つ告白しておかなければならない。実は僕は『大丈夫』を最初に聴いた時、これは曲としてはこの映画には使えないと思い、そう洋次郎さんにお伝えしたのだ。単純に、使いどころが思いつかなかった。本編に流すには言葉もメロディも強すぎると感じたのだ。しかし実にそれから一年後、僕は最初にもらったこの曲に助けられることになる。

ラストシーンの演出に悩んでいたのだ。それ以外はビデオコンテで内容が確定し、作画作業も進んでいる時期だった。エピローグも、須賀の台詞（「世界なんてさ——どうせもともと狂ってんだから」）まではコンテが描けていた。それ以降の最後の三分間だけが、まだ出来ていなかった。物語の展開は脚本で決めていたけれど、帆高と陽菜の最後の感情だけが、僕にはどうしても摑《つか》めないままだったのだ。とりあえず最後まで作ってみたビデオコンテも、周囲の評判はいまいちだった。

二ヵ月以上悩み続け、洋次郎さんにラストシーンの音楽の相談をしている時に、ふとまだ使われていないままだった『大丈夫』のことが話題に上ったのだ。そしてあらためてこの曲を聴いてみて、僕は衝撃を受けた。

ぜんぶここに書いてあるじゃないか。

そう。必要なことも、大切な感情も、すべてが最初にもらった『大丈夫』に歌われていたのだ。僕はほとんど歌詞から引き写すようにしてラストシーンのコンテを描き、一年前に届いていた曲をそこにあてた。果たしてそうしてみれば、それ以外は他に在りようもない、それがこの物語のラストシーンだった。

最後に。

映画の本編制作と並行して小説を書くというのは、『君の名は。』の時に製作委員会から頼まれて渋々始めた仕事だった。それが今では、この仕事に自分自身がどこか救われたような心持ちがしている。文章を書くことは純粋に楽しかったし、小説版から映画に持ち帰れたものもいくつもあるし、なによりも、この世界に生きる登場人物たちがより愛《いと》おしくなった。著者の僕ばかりではなく、読者の皆さんにもこの本を楽しんでいただければ、それ以上の喜びはない。

また、映画制作中にスタジオをたびたび不在にするような小説執筆作業を安心して行うことができたのは、作画監督の田村篤さんを始めとした荻窪スタジオのアニメーションスタッフたちの力強い働きのおかげである。感謝に堪えません。

手にとってくださって、読んでくださって、本当にありがとうございました。

二千十九年五月　新海　誠

解説

野田洋次郎

現在二千十九年六月七日。解説のお話を頂いてからほぼ二ヵ月が経過してしまった。まだ劇伴（サントラ）制作も続いていた四月上旬、監督からこの『小説 天気の子』の解説を書いていただけませんかというお話をもらった。解説というものがどういうものを指すのかサッパリ分からないまま、「僕でよかったらお引き受けします」と伝えた。ただただ、誰よりも先に小説を読む権利を得られるから、その一点でお引き受けした。

正直、今後悔でいっぱいだ。何を書いてもしっくりこない。書いては消し、書いては消しを繰り返す日々。この小説にふさわしい解説が何なのか迷いあぐねたまま、気づけば明日《あした》から夏の全国ツアー開始というところまで来てしまった。僕なんかが引き受けるべき代物では到底なかった。

よって半ば開き直りも込みで、僕は監督との今日までの作業を振り返りながら、この物語を紐解《ひもと》いていければと思う。

監督が一番初めに『天気の子』の脚本を僕に送ってきてくれたのが二千十七年八月二十六日。『君の名は。』公開からちょうど一年後のことだった。ロマンチストな監督らしいなと思った。そこからおよそ一年半、僕らはずっとこの物語と歩んできた。劇中に登場する楽曲は最終的に全三十三曲。『君の名は。』の二十七曲を大きく超えた。まだ決して動くことも、色づけされることもないコンテの中の帆高《ほだか》や陽菜《ひな》、そして新海《しんかい》さんと作品の中を旅し、会話をし続けここまできた。一年半に及ぶ作業の中でおそらく僕と監督は三百五十通を超えるメールをやり取りし、直接の打ち合わせも幾度となく繰り返した。その中で音楽を当てる際、当然キャラクターたちの心の内についての会話にもなる。このシーンで音楽は誰の心に寄り添うのか。どの視点で音をつけるか。監督は優しく、人がいいので外野であるはずの僕のような意見もまっすぐに聞いてくれる。

「（登場人物の）彼は今何を考えているんだろう」

「そんなことを彼女は言いますかね？」

こんな会話をプロデューサー川村元気《かわむらげんき》含めみんなで繰り広げる（どちらかというと

川村氏は理論担当、自分は精神論担当といったところ)。それぞれの中にだけ、でも確かに存在する登場人物像をみんなで戦わせた。そして映画を作りながら形作られていったそれぞれのキャラクターの個性や性格が、監督はこの小説を書くことでよりクリアになっていっているのが読みながらよく分かった。どこか自分なりの答え合わせをしているようにも思えた。

小説の中では映画と違い、それぞれの登場人物は一人称で語ることになる。帆高、陽菜の内面はもちろんいくつも描かれるが須賀《すが》や夏美《なつみ》の心理描写は映画本編の中にそこまで出てこない。映画にすべてを詰めこもうとしたらとても一時間半では収まらない。主役でない彼らの心の声が聞こえてくることは小説の大きな醍醐味《だいごみ》であり、この物語をさらに豊かにしていると感じた。

先日、僕がこの解説に何を書けばいいか迷っているとこぼすと監督からこんな返事がきた。「僕としては、洋次郎さんがなぜ『天気の子』にこれほどの力を注いでくださったのか、その不思議を知りたいです。」と。

なぜか考えてみる。その結論は二秒で出た。それは新海誠《まこと》の作品だったからだ。そして新海さんが僕のことを信じてくれたから。これに尽きる。僕は平気で人を選ぶ。みんなに優しくなんてできないし、身体は一つしかない。限られた中で自分の持っている力を発揮するしかない。もちろんそんな僕を嫌いな人もたくさんいるだろうし構わない。でも信頼できる人と出会い、何か一緒に新しいモノを作る機会を得られるのならそんな嬉《うれ》しいことはない。

何かを作る時、自分の愛する作品に誰かの意見や想いを反映させるというのは意外に、容易ではない。分野は違っても「モノ創り」をする人はきっと理解できるだろう。自分だけが知っているこの物語、自分こそがこの作品の正解を知っている。そう信じ創作をする人もたくさんいるだろう。でも監督は自分が信じた人の言葉を信じる。まっすぐ信じる。そうすると、僕は自分の持っているすべてを渡さないと気が済まない衝動に駆られるのだ（すべてを出せたのか自分では分からない）。

この小説を読み終えた率直な感想は、この小説の文章、登場人物の動き、言葉、感情の流れ、そして映画館で映されるあの美しい画、それらはすべて新海誠そのものだ。そして新海誠を通して映し出されたこの世界の姿だ。僕たちはこの世界の美しさも、醜さも、儚《はかな》さも、悲しさも、自分たちで決めることができる。他人がどれだけ偉そうに能書きを垂れようが、世界の惨状や蘊蓄《うんちく》を語りそれを「現実」と呼び反駁《はんばく》してこようが僕たちは自分自身でこの世界を定義することができる。誰ひとり他人の心の中だけは縛ることはできないのだ。新海誠は知っている。本来、新宿《しんじゅく》という街が持っている美しさも、都会の空の独特の輝きも、どんな豪勢な料理でさえ誰かからのふとした優しい味にはかなわないことも。

僕は監督が信じる世界が好きだ。そしてこの人の信じる強さが好きだ。人は溢《あふ》れかえるたくさんの人やモノの中で生きていくためにどこか自分を標準化させ、ぼんやりとした世の中の「正しさ」みたいなものに自分という存在を寄せていく。そうして安心する。それは悪いことばかりではないが、自分の本心と世間の正解の境目を少しずつ見失う。

監督も一見誰よりも物腰柔らかく、誰よりも気を遣い、調和を大事にする。もう少し偉そうにして（むしろした方が）いいのではと僕なんかは見ていて思ってしまう。でも監督本来の優しさがそうさせるのだと思う。

しかしどれだけ形を取り繕おうが、周囲や世間とのバランスを理性が取ろうとしようが、彼の心の中にある譲れない核みたいなものがはみ出してくる。どうしたって暴れ出す。静かに叫び出す。「誰が何を言っても聞かないゾーン」を持っている。ちょうど、この『天気の子』の帆高のように。僕はそこに惹《ひ》かれる。

帆高は陽菜に与えられた運命を知る。過去の歴史において実際に人々は人柱を神に捧《ささ》げ人類の平穏を手に入れようとしてきた。それでも帆高は彼女を救いにいく。彼の世界に陽菜は必要なのだ。世間がこの物語の結末に納得しようがしまいが関係ない。あの帆高のまっすぐさは監督の姿そのままだと思った。

『秒速5センチメートル』『言の葉の庭』、など数々の名作を作り上げ『君の名は。』で興行的にも大きな成功を収めた監督が今回、より大きな自信と頼もしいスタッフ、揺るぎない技術をもって臨んだのがこの作品だ。僕から見て今までの作品では監督の美学なのか照れなのか、はたまた観る側への気遣いなのか、結末に対してどこか臆《おく》病《びょう》になるところが監督にはあったと思う（本当にこんな好き勝手言っていいのか不安になる）。でも今作で監督は我を押し通したように感じた。帆高と文字通り一心同体となり、陽菜を救いに行った。そんな風に僕は感じた。それが嬉しかった。

劇中で最後のエンドロールに流れる『大丈夫（Ｍｏｖｉｅ ｅｄｉｔ）』という曲がある。昨年十二月だっただろうか、（本人曰《いわ》く）この曲の歌詞から着想を得て新海さんは最後のシーンを新たに描きなおしてきた。僕はなんだかとても大きな責任を背負ってしまった気持ちになり、しばらく重い鉛のようなものをお腹に抱えた気分でいた。そしてエンドロールを違う曲にしたいと、この四月中旬まで交渉していた。でも最後まで監督は譲らず、この歌で映画の本編を終えたいと言った。いつものように、この一年半見てきたまっすぐな眼だった。

「君の大丈夫になりたい」この言葉を聞いてこの映画を観終わったお客さんはきっと最後に救われると思うんです、と彼は言った。

『大丈夫（Ｍｏｖｉｅ ｅｄｉｔ）』という曲はこの『天気の子』のための曲であり、帆高と陽菜の曲だ。この世界で期せずして与えられた宿命に翻弄《ほんろう》される二人の歌だ。でも、それが果たして最後、お客さんたちの曲になるのかが分からなかった。

「世界が君の小さな肩に乗っているのが　僕にだけは見えた」この言葉を観客が果たして自分のものとして受け取れるのか分からずにいた。でもこの小説を読みながら理解できた気がした。すべての人が、皆自分だけの世界を持ち、その世界の中で必死に生きている。役割を持ち、何かしらの責任を負い、自分というたった一つの命を今日から明日へと日々運んでいく。何も陽菜だけではなかったのだ。そしてすべての人が、そんな自分だけの「世界」をもがきながら生きている。その姿を近くで誰かに見ていてもらえる心強さや安心感を知っている。「見てくれている」「私のこの小さな世界を知ってくれている」「大丈夫？と気にかけてくれる人がいる」ということがどれほど大きな支えなのかを知っている。そして誰もがかけがえのない大切な人がもがく姿を見た時、「この人の大丈夫に、自分がなりたい」と願っている。
この『大丈夫（Ｍｏｖｉｅ ｅｄｉｔ）』という歌はそういうことなんだと思った。
自分の歌の意味を、監督が教えてくれた。
新海さん、ありがとう。

（ＲＡＤＷＩＭＰＳ・ｉｌｌｉｏｎ）

本書は書き下ろしです。

小説《しょうせつ》 天気《てんき》の子《こ》

新海《しんかい》 誠《まこと》

令和元年 7月25日 初版発行

発行者●郡司 聡

発行●株式会社KADOKAWA
〒102-8177 東京都千代田区富士見2-13-3
電話 0570-002-301(ナビダイヤル)

角川文庫 21702

印刷所●株式会社暁印刷
製本所●株式会社ビルディング・ブックセンター

表紙画●和田三造

●お問い合わせ
https://www.kadokawa.co.jp/ (「お問い合わせ」へお進みください)
※内容によっては、お答えできない場合があります。
※サポートは日本国内のみとさせていただきます。
※Japanese text only

ISBN 978-4-04-102640-3 C0193

NexTone PB43571号

◇◇◇

角川文庫発刊に際して

角川源義

第二次世界大戦の敗北は、軍事力の敗北であった以上に、私たちの若い文化力の敗退であった。私たちの文化が戦争に対して如何に無力であり、単なるあだ花に過ぎなかったかを、私たちは身を以て体験し痛感した。西洋近代文化の摂取にとって、明治以後八十年の歳月は決して短かすぎたとは言えない。にもかかわらず、近代文化の伝統を確立し、自由な批判と柔軟な良識に富む文化層として自らを形成することに私たちは失敗して来た。そしてこれは、各層への文化の普及滲透を任務とする出版人の責任でもあった。

一九四五年以来、私たちは再び振出しに戻り、第一歩から踏み出すことを余儀なくされた。これは大きな不幸ではあるが、反面、これまでの混沌・未熟・歪曲の中にあった我が国の文化に秩序と確たる基礎を齎らすためには絶好の機会でもある。角川書店は、このような祖国の文化的危機にあたり、微力をも顧みず再建の礎石たるべき抱負と決意とをもって出発したが、ここに創立以来の念願を果すべく角川文庫を発刊する。これまで刊行されたあらゆる全集叢書文庫類の長所と短所とを検討し、古今東西の不朽の典籍を、良心的編集のもとに、廉価に、そして書架にふさわしい美本として、多くのひとびとに提供しようとする。しかし私たちは徒らに百科全書的な知識のジレッタントを作ることを目的とせず、あくまで祖国の文化に秩序と再建への道を示し、この文庫を角川書店の栄ある事業として、今後永久に継続発展せしめ、学芸と教養との殿堂として大成せんことを期したい。多くの読書子の愛情ある忠言と支持とによって、この希望と抱負とを完遂せしめられんことを願う。

一九四九年五月三日

角川文庫ベストセラー

小説　秒速5センチメートル　新海　誠

「桜の花びらの落ちるスピードだよ。秒速5センチメートル」。いつも大切な事を教えてくれた明里、彼女を守ろうとした貴樹。恋心の彷徨を描く劇場アニメーション『秒速5センチメートル』を監督自ら小説化。

小説　言の葉の庭　新海　誠

雨の朝、高校生の孝雄と、謎めいた年上の女性・雪野は出会った。雨と緑に彩られた一夏を描く青春小説。劇場アニメーション『言の葉の庭』を、監督自ら小説化。アニメにはなかった人物やエピソードも多数。

小説　君の名は。　新海　誠

山深い町の女子高校生・三葉が夢で見た、東京の男子高校生・瀧。2人の隔たりとつながりから生まれる「距離」のドラマを描く新海誠的ボーイミーツガール。新海監督みずから執筆した、映画原作小説。

小説　ほしのこえ　原作／新海　誠　著／大場　惑

『君の名は。』の新海誠監督のデビュー作『ほしのこえ』を小説化。中学生のノボルとミカコは、ミカコが国連宇宙軍に抜擢されたため、宇宙と地球に離れ離れに。2人をつなぐのは携帯電話のメールだけで……。

小説　星を追う子ども　原作／新海　誠　著／あきさかあさひ

少女アスナは、地下世界アガルタから来た少年シュンに出会うが、彼は姿を消す。アスナは伝説の地アガルタを目指すが――。『君の名は。』新海誠監督の劇場アニメ『星を追う子ども』（2011年）を小説化。

角川文庫ベストセラー

角川文庫ベストセラー

本日は大安なり　辻村深月

きのうの影踏み　辻村深月

雪と珊瑚と　梨木香歩

きりこについて　西　加奈子

炎上する君　西　加奈子

企みを胸に秘めた美人双子姉妹、プランナーを困らせるクレーマー新婦、新婦に重大な事実を告げられないまま、結婚式当日を迎えた新郎……。人気結婚式場の一日を舞台に人生の悲喜こもごもをすくい取る。

どうか、女の子の霊が現れますように。おばさんとその子が、会えますように。交通事故で亡くした娘を待ちわびる母の願いは祈りになった――。辻村深月が〝怖くて好きなものを全部入れて書いた〟という本格恐怖譚。

珊瑚21歳、シングルマザー。追い詰められた状況で1人の女性と出会い、滋味ある言葉、温かいスープに生きる力が息を吹きかえしてゆき、心にも体にもやさしい、総菜カフェをオープンさせることになるが……。

きりこは「ぶす」な女の子。小学校の体育館裏で、人の言葉がわかる、とても賢い黒猫をひろった。美しいってどういうこと？　生きるってつらいこと？　きりこがみつけた世の中でいちばん大切なこと。

私たちは足が炎上している男の噂話ばかりしていた。ある日、銭湯にその男が現れて……動けなくなってしまった私たちに訪れる、小さいけれど大きな変化。奔放な想像力がつむぎだす不穏で愛らしい物語。

角川文庫ベストセラー

すじぼり　福澤徹三

ひょんなことからやくざ事務所に出入りすることになった亮。時代に取り残され、生きる道を失っていく昔ながらの組の運命を、人生からドロップアウトしかけた青年の目を通して描く、瑞々しい青春極道小説。

短歌ください　穂村　弘

本の情報誌「ダ・ヴィンチ」の投稿企画「短歌ください」に寄せられた短歌から、人気歌人・穂村弘が傑作を選出。鮮やかな講評が短歌それぞれの魅力を一層際立たせる。言葉の不思議に触れる実践的短歌入門書。

もしもし、運命の人ですか。　穂村　弘

間違いない。とうとう出会うことができた。運命の人だ。気鋭の歌人が、繊細かつユーモラスな筆致で書く恋愛エッセイ集。今度はこうしよう……延々とシミュレートし続けた果てに、〈私の天使〉は現れるのか？

蚊がいる　穂村　弘

日常の中で感じる他者との感覚のズレ。「ある」のに「ない」ことにされている現実……なぜ、僕はあのとき何も云えなかったのだろう。内気は致命的なのか。共感必至の新感覚エッセイ。カバーデザイン・横尾忠則

わたし恋をしている。　益田ミリ

川柳とイラスト、ショートストーリーで描く、さまざまな恋のワンシーン。まっすぐな片思い、別れの夜の切なさ、ちょっとずるいカケヒキ、後戻りのできない恋……あなたの心にしみこむ言葉がきっとある。

角川文庫ベストセラー

神さまのいる書店
まほろばの夏
三萩せんや

魂の宿る「生きた本」たちが紡ぐ、感動の書店ファンタジー。第2回ダ・ヴィンチ「本の物語」大賞〝大賞〟受賞作。

ブレイブ・ストーリー (上)(中)(下)
宮部みゆき

亘はテレビゲームが大好きな普通の小学5年生。不意に持ち上がった両親の離婚話に、ワタルはこれまでの平穏な毎日を取り戻し、運命を変えるため、幻界〈ヴィジョン〉へと旅立つ。感動の長編ファンタジー!

ペンギン・ハイウェイ
森見登美彦

小学4年生のぼくが住む郊外の町に突然ペンギンたちが現れた。この事件に歯科医院のお姉さんが関わっていることを知ったぼくは、その謎を研究することにした。未知と出会うことの驚きに満ちた長編小説。

空想科学読本
3分間で地球を守れ!?
柳田理科雄

『ウルトラマン』『ONE PIECE』『名探偵コナン』『シン・ゴジラ』『おそ松さん』など、世代を超えて愛されるマンガ、アニメ、特撮映画を科学的に検証!

完全版
社会人大学人見知り学部
卒業見込
若林正恭

単行本未収録連載100ページ以上! 雑誌「ダ・ヴィンチ」読者支持第1位となったオードリー若林の社会人シリーズ、完全版となって文庫化! 彼が抱える社会との違和感、自意識との戦いの行方は……?